Josef Dachs

Mizi: Schwank in drei Aufzügen

Josef Dachs

Mizi: Schwank in drei Aufzügen

ISBN/EAN: 9783744642774

Hergestellt in Europa, USA, Kanada, Australien, Japan

Cover: Foto ©Andreas Hilbeck / pixelio.de

Weitere Bücher finden Sie auf **www.hansebooks.com**

Mizi.

Schwank in drei Aufzügen

von

Josef Dachs.

⤛⤜✦⤚⤙

1898.
Druck von Ernst Funke & Co., Zwickau i. S.

Vertretung im Auslande.

Für Oesterreich-Ungarn: **Dr. O. F. Eirich, Wien VII**, Neustiftgasse 5.

Für Schweden, Norwegen und Finnland: **Oscar Wijkander**, Kgl. Hof-Intendant, **Stockholm**.

Für Rußland und Polen: **P. Neldner**, Buch- und Musikalien-Handlung, **Riga**.

Für Amerika: Miß **Elisabeth Marbury**, New-York, Empire Theatre Building, Broadway und 40 th Street.

Zum ersten Male

mit

stürmischem Lacherfolge

aufgeführt im

Wiesbadener Residenz-Theater

(Direktor: Dr. Rauch)

am

26. Januar 1898.

———•+•———

Personen.

— ♦ —

Anton Humplmayer, Baumeister
Therese, seine Frau
Paula, seine Tochter
Veronika Hassel, Revisorswitwe
Dr. Emil Bormann, Rechtsanwalt
Dr. Wilhelm Schulze, Arzt
Walther von Brennecke, Gutsbesitzer
Elise, seine Frau
Max von Brennecke, sein Neffe
Mizi Stahl, Sängerin
Sennora Currita
Hannemann, Gerichtsvollzieher
Roestke, Faktotum
Rosa, Dienstmädchen
Fritz, Kellner
Ein Polizist
Ein Dienstmann
          Polizisten, Dienstleute.

— ••• —

Ort der Handlung: Berlin. — Zeit: Gegenwart.

I. Aufzug.

(Bühneneinrichtung nach der Erstaufführung im Residenztheater zu Wiesbaden.)

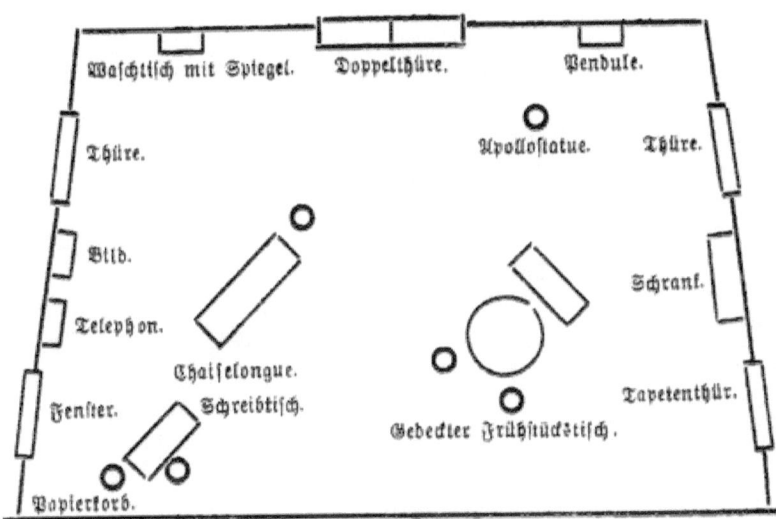

Reich ausgestattetes Zimmer: Halb Salon, halb Bureau. In der Mitte eine Doppelthür, links und rechts Thüren. Rechts vorn eine Tapetenthür, links vorn ein Fenster. An der Wand studentische Embleme, ein Bild, ein Waschtisch mit Spiegel, ein Telephon. Ein großer Schreibtisch mit Papier= 2c. Album. Rechts gedeckter Frühstückstisch, links eine Chaiselongue. Eine Apollostatue aus Gips. Rechts ein großer Schrank. Die Bühne muß auch sonst mit Pflanzen, Teppichen 2c. sehr luxuriös ausgestattet sein.

1. Szene.

Bormann, Schulze.

Bormann: (30 Jahre, elegant, Vollbart, am Telephon, klingelt) Bitte, zweiundzwanzig — achtundvierzig — Hôtel Central — Hôtel Central da? Bitte, Zimmer Nummer fünfundsechzig — Fräulein Mizi Stahl — — —

Schulze: (27 Jahre, flottes Exterieur, aus der Thüre rechts, in Hemdärmeln, seine Frisur mit zwei Bürsten bearbeitend) Du, es ist jetzt Vormittag 10 Uhr — laß das arme Kind schlafen — sei so gut — ja?

Bormann: (zu Schulze) Ruhe! (ins Telephon) N'Morgen Mizi! Na, wie geht's? Ausgeschlafen? So! Schön! Wie? Der Willy? Der ist auch da, jawohl! Er hat gleich bei mir übernachtet — weißt Du in Anbetracht seines gestrigen Zustandes. Er frisiert sich schon seit einer halben Stunde. Du — was ich sagen wollte — schicke uns einige Karten her zu Deinem Benefiz heute Abend. Wir wollen die Dinger etwas unter die Leute bringen. Du kommst vielleicht selbst? Desto besser! Also dann auf Wiedersehen! Schluß! (klingelt ab.)

Schulze: (zeigt Bormann seine Frisur) Du sag' mal — sitzt der Scheitel hier gerade?

Bormann: Na und ob — großartig!

Schulze: (zieht während des Folgenden seinen Rock an) Du, was wollte denn die Kleine von mir?

Bormann: Die Mizi? Sie fragte, ob Du Deinen Schwips schon ausgeschlafen hättest.

Schulze: Einen Schwips? Ich! Pah — Mumwitz!

Bormann: Na, na!

Schulze: Nun ja, ich war vielleicht ein bischen fidel. Warum auch nicht? Ich bin jung, gesund und wohne in Berlin. Das genügt. Dazu bin ich Arzt ohne Praxis und ohne Vermögen. Es kann mir also nichts passieren. Also — immer fidel und munter. Prosit! (Er nimmt ein Glas vom Frühstückstisch und stößt mit Bormann an. Beide setzen sich.)

Bormann: Prosit:

Schulze: Wo hast Du denn übrigens heute Nacht geschlafen?

Bormann: (Auf die Chaiselongue deutend) Hier!

Schulze: Da? Nicht übel. Du schläfst hier und ich Elender mache mich in Deinem Schlafzimmer breit!

Bormann: Ich habe ja auch hier ganz gut geschlafen!

Schulze: Du lieber Gott — hübsch ist's ja bei Dir. Diese stylvolle Einrichtung! — —

Bormann: Auf Abzahlung!

Schulze: Viel gemütlicher als in meinem Zimmer — was sage ich — Zimmer — in meiner Zelle — da draußen Berlin O!

Bormann: Oh!

Schulze: Vier Treppen — mit Aufschwung! Aber es wird schon wieder anders werden. Das ist immer so gewesen! Wenn ich am tiefsten in der Tinte saß, dann kam immer etwas Ueberraschendes, etwas Wunderbares — —

Bormann: Das Dir heraushalf?

Schulze: Jawohl!

Bormann: Und jetzt — —?

Schulze: Jetzt bin ich wieder einmal so weit. Mein letzter und einziger Patient — die alte Katze meiner Hausfrau — ist gestern sanft entschlafen; meinen letzten Hundertmarkschein habe ich vor acht Tagen in München wechseln lassen — nun kann es kommen das Wunderbare! Prost! (Beide trinken.)

Bormann: Du wolltest eigentlich nur drei Tage in München bleiben?

Schulze: Wollte ich allerdings! Um mich dort um die Stelle eines Instituts-Arztes in einem Damenpensionate zu bewerben. Leider vergebens! Die Vorsteherin fand, daß ich für diesen wichtigen Posten noch etwas zu — zu jung sei!

Bormann: Nicht möglich!

Schulze: Denke Dir, ein so erfahrener Mann wie ich und zu jung. Vorläufig war's also nichts. Gleichwohl blieb ich nicht drei Tage, sondern gleich drei Wochen in München. Nun Du weißt ja — der Auftrag, den Du mir mitgabst —

Bormann: Ach ja, wegen diesem Herrn Humplmayer! Nun, hast Du Erkundigungen eingezogen? Was ist das für eine Art Mann?

Schulze: Ein lieber Kerl, sage ich Dir! Weißt Du (auf die Stirn deutend) hier ein bischen einfach, aber sonst —

Bormann: Nein, ich meine in moralischer Hinsicht —

Schulze: Ach so! Tadellos!

Bormann: Nicht möglich!

Schulze: Ich sage nichts, als tadellos! Der Mann kann sofort heilig gesprochen werden.

Bormann: Ach was — Du hast Dich nicht genau erfundigt.

Schulze: So! Ich habe mich in sein Haus eingeschlichen, in seine Familie eingedrängt — du lieber Gott, man ist doch schließlich aus Berlin — ich habe vierzehn Tage nur mit dem Manne verkehrt, bei Tag und auch bei Nacht! — — Mehr kann man doch nicht thun!

Bormann: Und Du hast nichts entdeckt — keine Liebelei?

Schulze: Nichts! Gar nichts! Gegen diesen Humplmayer ist ein Klosterbruder noch der reinste Don Juan.

Bormann: Das ist mir aber sehr unangenehm! Uebrigens da soll auch noch so eine alte Erbtante da sein —

Schulze: Schweig mir von dieser Erbtante! Ich habe sie gesehen, — Brr! Na — und dann ist auch noch eine Frau da, die war aber verreist — —

Bormann: Hm! (hustet.)

Schulze: Ist Dir etwas in der Kehle stecken geblieben?

Bormann: Nein, nein, nur ein kleiner Hustenreiz — ist schon wieder vorbei!

Schulze: Uebrigens hör mal — was hast Du denn eigentlich für ein Interesse an diesem Humplmayer?

Bormann: Amtsgeheimnis, lieber Freund! Amtsgeheimnis! Eine Tochter soll er ja auch haben, dieser tugend-
same Onkel da.

Schulze: Hm! (hustet.)

Bormann: Ist Dir etwas in der Kehle stecken
geblieben?

Schulze: Ach — auch nur ein kleiner Hustenreiz.
Weißt Du — das steckt an! Eine Tochter hat er auch,
jawohl!

Bormann: Hübsch?

Schulze: Ganz bedeutend. Die Leute müssen —
hm — übrigens Vermögen haben.

Bormann: Das glaub ich! Der alte Humplmayer
ist gut für mindestens eine Viertelmillion.

Schulze: (schnell) Na — das freut mich!

Bormann: Wieso?

Schulze: (verlegen) Nun — das freut mich für den
alten Humplmayer —

Bormann: So! so! (lauernd) Du, ich glaube fast,
Du hast Dich weniger mit diesem Humplmayer als viel-
mehr mit seiner Tochter beschäftigt.

Schulze: (entrüstet) Emil — pfui! Das ist wirklich
nicht hübsch von Dir, daß Du so etwas von mir denkst.

Bormann: Na ja — ich kenne meine Pappenheimer
(will einschenken, sieht, daß die Flasche leer ist) Roesike, Roesike!

2. Szene.

Die Vorigen, Roesike.

Roesike: (aus der Thüre links) Herr Doktor?

Bormann: (die Flasche schwingend) Noch eine!

Roesike: Schön, Herr Doktor! (links ab.)

Bormann: Nun, wie ist es denn, willst Du jetzt hier
bleiben? Praxis anfangen — was?

Schulze: Hier bleiben — ja! Praxis anfangen — nein! Patienten habe ich, wie gesagt, keine und eine Praxis ohne Patienten, das halten meine Gläubiger nicht aus!

Roesike: (wieder eintretend, entkorkt die Flasche) Hier, Herr Doktor!

Bormann: Was thun Sie gegenwärtig, Roesike?

Roesike: Ich liniere, Herr Doktor!

Bormann: Das ist eine sehr edle Beschäftigung! — Linieren Sie weiter, lieber Roesike, linieren Sie weiter! (Roesike links ab.)

Schulze: Du, was liniert denn der?

Bormann: Mein Aktenpapier!

Schulze: Na, das kauft man doch gleich liniert!

Bormann: Verstehst Du nicht! Die drei lumpigen Prozesse, die ich jetzt führe, beschäftigen mein Personal höchstens eine Stunde des Tages. Die übrige Zeit lasse ich ihn linieren, sonst schläft er mir ein, dieser Roesike. Dieser Roesike ist nämlich mein Personal.

Schulze: Von diesen drei Prozessen kannst Du aber doch nicht leben?

Bormann: Zur Not geht's schon! Man muß die Sache eben verstehen! Man darf's nur nicht machen wie mein Kollege Stockhausen! Uebergebe ich dem Menschen neulich für ein paar Tage meine Praxis zur Vertretung — was thut er? Er gewinnt einen meiner schönsten Prozesse.

Schulze: Ah!

Bormann: Denke Dir — einen Prozeß, den ich mindestens noch fünf Jahre hinausgezogen hätte.

Roesike: (durch die Mitte) Dieser Herr fragt an, ob er seine Aufwartung machen darf. (Uebergiebt eine Karte.)

Bormann: (fährt in die Höhe) Ein Herr? (liest die Karte) Ach, das ist ja der kleine Max! Natürlich herein damit! (Roesike ab) Was der Mensch Einen erschreckt — ich habe geglaubt, es sei ein Klient.

3. Szene.

Die Vorigen, Max von Brennecke.

Max: (sehr schüchtern, 19 Jahre, glatt gekämmtes blondes Haar, altmodischen Anzug) Die Herren entschuldigen —

Bormann: Um Gotteswillen -- Mensch, thun Sie mir den einzigen Gefallen und bitten Sie nicht den ganzen Tag um Entschuldigung, daß Sie auf der Welt sind. Sie können ja nichts dafür!

Max: Ja, ich dachte nur — ich wollte nur gerne —

Bormann: Was wollten Sie denn, Märchen — hm? Nur 'raus damit — wir beißen Sie nicht! (Reicht ihm ein Glas) Hier mein Junge, trinken Sie sich Mut! Also —

Max: Also — äh — ich wollte Ihnen nämlich einen Besuch machen.

Schulze: Das sehen wir!

Max: Aber, lassen Sie mich doch aussprechen. Ich wollte Ihnen einen Besuch machen, um Sie etwas zu fragen.

Bormann: Fragen Sie ungeniert!

Max: Nämlich — ja — wie geht es Ihnen?

Bormann: Wie es — — —? Gut, Max! Aber — um das zu erfahren, sind Sie wohl nicht gekommen?

Max: Nein — aber wissen Sie, es handelt sich um eine delikate Angelegenheit.

Schulze: Was Sie nicht sagen!

Bormann: Delikate Angelegenheit ist sehr gut!

Max: Nämlich — (entschlossen) sagen Sie, kennen Sie ein Fräulein — ein Fräulein Mizi Stahl vom Wintergarten?

Bormann und Schulze: (gleichzeitig) Nann!

Max: Sie ist dort als Sängerin engagiert, glaube ich!

Bormann: Kennen wir, lieber Max, kennen wir! Aber was wollen Sie damit?

Max: Ich möchte die Dame gerne besuchen!

Schulze: Oho, Donner und Doria!

Bormann: Sie wollen — — —

Max: Dem Fräulein einen Besuch machen!

Schulze: Der Kleine wird unternehmend.

Bormann: Ich bin paff! Ja, wenn man fragen darf — wie kommen Sie denn auf solch' fürchterliche Ideen?

Max: Mein Onkel wünscht es!

Bormann: Ihr — — —? (Schulzen anstoßend) Du, hast Du gehört, sein Onkel wünscht es! Köstlich!

Max: Mein Onkel kennt sie nämlich auch!

Schulze: (Bormann anstoßend) Du, sein Onkel kennt die Mizi auch! Ausgezeichnet! (Beide lachen.)

Max: Er meint, ich soll ein bischen Lebensart dort lernen — — —

Bormann: Bei der Mizi?

Schulze: Ach, das ist ja großartig! (Beide lachen.)

Bormann: (klopft Max auf die Schulter) Da sind Sie ganz an der richtigen Adresse, lieber Freund, ganz an der richtigen, — ha, ha, ha!

Max: Ach, die Herren lachen schon wieder! Ueberhaupt alle Leute lachen über mich, kein Mensch nimmt mich ernst und —

Schulze: Nun, machen Sie sich nichts daraus! Im allgemeinen sind Sie ja ein ganz famoser Jüngling — nur Ihre verdammte Schüchternheit!

Max: Aber zum Donnerwetter — verzeihen Sie, ich bin ja nicht schüchtern — im allgemeinen. O nein, ich bin sehr couragiert; — nur wenn mir etwas imponiert, dann packt's mich, dann schnürt's mir Brust und Kehle zu, bis ich keine Luft mehr kriege. Aber nur, wenn mir etwas imponiert! Und leider — mir imponiert eben alles —

Schulze: Wo sind Sie denn geboren, Märchen?

Max: In Berlin!

Schulze: Unmöglich!

Max: Wieso?

Schulze: Einen Berliner, dem etwas imponiert — giebt's nicht!

Max: Ja — das ist eben so eine Art Geburtsfehler bei mir — — —

Bormann: Ein Geburtsfehler?

Max: Als ich nämlich zur Welt kam, brach in unserm Haus Feuer aus, und da bekam ich einen solchen Schrecken —

Schulze: Und das ist Ihnen geblieben?

Max: Wie Sie sehen!

Bormann: Armer Junge!

Max: Und in diesem Zustande soll ich nun einer Dame den Hof machen?

Schulze: Der Mizi?

Max: Ja, mein Onkel will es so!

Bormann: Sie — lassen Sie das lieber bleiben! Hilft Ihnen doch nichts! Da haben wir zwei (deutet auf Schulze) uns schon vergebens versucht! Und das will was heißen!

Max: Es soll ja nur zur — zur Uebung sein!

Bormann: Ach so — Versuchskaninchen! Was?

Max: Und dabei habe ich keine Ahnung, wie man sich bei derlei Affairen benimmt.

Schulze: Lassen Sie sich das doch auch von Ihrem Onkel sagen!

Max: Wollte ich ja! Wissen Sie, was er sagte?

Bormann: Nun?

Max: (mit verstellter Stimme) Das soll Dich Dein alter Onkel lehren? — Pfui Teufel!

Bormann: Nun, da hat er eigentlich recht gehabt!

Max: Aber Sie, meine Herren, haben doch in diesen Dingen Erfahrung — —

Schulze: Max, werden Sie nicht anzüglich!

Bormann: Wirklich — Sie überschätzen uns — Max!

Max: Sie müssen mir doch ungefähr sagen können, was man in einer derartigen Situation mit einer Dame spricht.

Schulze: Sprechen Sie gar nichts — das wird für Sie das Beste sein! Und wenn Sie sprechen, dann reden Sie von gleichgültigen Dingen, vom Wetter und dergleichen; jedenfalls quatschen Sie nichts von Liebe — das glaubt Ihnen ja doch niemand. Und dann —

Max: Und dann — —

Schulze: Nehmen Sie im Laufe des Gespräches Ihr vis-à-vis bei der Hand und drücken Sie sie — die Hand nämlich!

Max: Natürlich, die Hand!

Schulze: Und wenn dann ein Gegendruck kommt, so ist das ein sicherer Beweis beginnender Sympathien.

Max: Wenn aber keiner kommt?

Bormann: (klopft ihm auf die Schulter) Dann drücken Sie eben weiter!

Max: Nein, nein, nein — das geht nicht, das bring ich nicht fertig!

Bormann: Ja nun — da ist eben schwer zu raten. Regeln giebt's da nicht! Und man lernt dabei nie aus! Selbst ich nicht — zum Beispiel! Da lerne ich vor vier Wochen eine Dame auf der Trambahn kennen. Ich mache ihr den Hof und — denken Sie - - ich weiß heute noch nicht, ist sie Fräulein, Frau oder Witwe; ich weiß nicht, wo sie wohnt, wie sie heißt. Sehen Sie, das kann sogar mir passieren, mir, dem Dr. Emil Bormann.

Max: Sie müssen aber doch schon mit ihr gesprochen oder ihr geschrieben haben?

Bormann: Hab' ich — Du ahnungsvoller Engel Du — ich habe sie gesprochen und ihr geschrieben.

Max: Wenn Sie aber doch ihren Namen und ihre Adresse nicht wußten — —

Bormann: Unter uns gesagt, für diesen Fall giebt es eine sehr zweckmäßige staatliche Einrichtung, sie heißt: Poste restante.

Max: Ach so — und hat sie den Brief abgeholt?

Bormann: Jawohl — sie hat!

Max: Woher wissen Sie denn das?

Bormann: Wieder unter uns gesagt — ich habe am Schalter angefragt!

Roesike: (durch die Mitte) Herr Doktor, diese Dame wünscht — — — (übergiebt eine Karte.)

Bormann: (aufspringend) Alle Wetter — eine Klientin!

Schulze: Heute, am Sonntag?

Bormann: Nun — dafür kommt an den Werktagen niemand. Kinder, thut mir den einzigen Gefallen und drückt Euch jetzt — ja? Herrgott, und hier siehts aus wie in einer Studentenkneipe (stellt die Flaschen, Gläser und Teller des Frühstückstisches in den Papierkorb.)

Max: Was machen Sie denn hier?

Bormann: Ordnung, mein Junge, Ordnung! Man muß auf Repräsentation sehen! Zum Henker, so helft mir doch ein bischen! (Zu Roesike) Herein mit der Dame! (geht zum Spiegel) So — — nun auch noch ein bischen Amtsmiene! (zu Max und Schulze) Kinder, thut mir den Gefallen und spielt ein Paar Klienten von mir — ja? Das kostet nichts und sieht gut aus!

Schulze: Wird gemacht!

Max: Aber ich weiß nicht — — —

Bormann: Pst!

4. Szene.

Die Vorigen, Therese Humplmayer.

Therese: (40 Jahre, hübsche Frau, durch die Mitte) Ah, ich störe?

Bormann: Durchaus nicht! Ich habe meine Geschäfte mit den Herren schon erledigt! (zu Schulze und Max) Also, meine Herren, verlassen Sie sich auf mich! Entweder bringe ich Sie ganz frei oder — das Schlimmste, was Ihnen passieren kann, ist ein kleines, Jahr Zuchthaus für jeden! —

Therese: (für sich) Ah!

Schulze: (leise) Na, sei so gut!

Bormann: Wie ich Ihnen sage. — höchstens ein Jahr — das Strafminimum. — Guten Morgen, meine Herren! (Bekomplimentiert die Beiden zur Thüre hinaus) So, bitte, nehmen Sie Platz, gnädige Frau!

Therese: (Nach der Thüre zeigend) Wohl Klienten von Ihnen? (Setzt sich)

Bormann: Jawohl — ein Paar kleine Wechselfälscher, die ich verteidige.

Therese: (erschreckt) Ach, und die Leute sehen so anständig aus!

Bormann: Müssen sie, gnädige Frau, müssen sie; — das bringt das Geschäft mit sich (liest die Karte nochmals) Ah — Frau Humplmayer, nicht wahr? Schön, schön, Humplmayer, Humpelmayer — das ist, glaube ich, eine — eine Alimentationssache?

Therese: (entrüstet) Herr Doktor!

Bormann: Ah, pardon! Nein, nein, ich weiß jetzt schon! Wissen Sie, wenn man so Hunderte von Prozessen im Kopfe hat, da ist leicht eine Verwechslung — — — (zur Thüre links gewendet) Roesike, Roesike!

Roesike: Herr Doktor!

Bormann: Gehen Sie 'mal in die Registratur — —

Roesike: (verwundert) In die Registratur?

Bormann: Natürlich — in die Registratur — und holen Sie den Akt „Humplmayer contra Humplmayer."

Roefike: Wir haben ja gar keine Registratur. Der Akt liegt hier in der Schublade! (Deutet auf den Schreibtisch).

Bormann: (leise) Esel! (zu Therese) Ach ja, richtig! (Nimmt den Akt aus der Schublade) Ich vergaß, ich habe mir den Akt herübergenommen, um hie und da nachts darin zu studieren. (Roefike ab.)

Therese: Sie geben sich wirklich recht viel Mühe, Herr Doktor!

Bormann: Bitte, bitte! Also! (Blättert in dem Akte) Ihr Fall ist folgender: Sie sind verheiratet mit dem Baumeister Anton Humplmayer in München und haben Ihren Mann vor vier Wochen aus freiem Antriebe verlassen, um hier in Berlin bei Verwandten — —

Therese: Pardon, Herr Doktor, nicht aus freiem Antriebe, sondern gezwungen durch die Hetzereien meiner Schwägerin — — —

Bormann: Ganz richtig — Ihrer Schwägerin der verwitweten Veronika Haffel.

Therese: Jawohl!

Bormann: (liest) Besagte Veronika Haffel wurde seinerzeit von Ihrem Manne in Ihr Haus aufgenommen und hat es verstanden, denselben — nämlich besagten Anton Humplmayer vollkommen zu beherrschen und Sie aus Ihrer Stellung zu verdrängen.

Therese: Zu verdrängen — sehr richtig!

Bormann: (Sieht wieder in den Akt) Und so weiter, und so weiter. In Folge all dieser Vorkommnisse haben Sie Ihren Mann verlassen und demselben erklärt, daß Sie erst dann wieder zu ihm zurückkehren würden, wenn die besagte Dame ein für alle mal aus dem Hause ist. Auf diese Erklärung hin ist bis jetzt nichts erfolgt!

Therese: Doch! Auf diese Erklärung hin erhielt ich soeben dieses Schreiben (überreicht Bormann ein amtliches Schriftstück.)

Bormann: (liest) — — — wird hiermit aufgefordert, innerhalb acht Tagen in das Haus ihres Mannes zurückzukehren, widrigenfalls weitere Schritte — — — das Reisegeld liegt bei. Aha!

Therese: Das Reisegeld liegt bei. Wie perfid! Ich brauche kein Reisegeld! — —

Bormann: Sie wollen also nicht zurückkehren?

Therese: Jetzt erst recht nicht!

Bormann: Schön — dann werden wir also die weiteren Schritte abwarten.

Therese: Welche Schritte?

Bormann: Nun die Klage.

Therese: Wieso?

Bormann: Auf Ehescheidung!

Therese: (fährt empor) Ehescheidung?

Bormann: Wegen böswilligen Verlassens!

Therese: Aber ich habe ja meinen Mann gar nicht böswillig verlassen; ich will gar nicht von ihm geschieden sein; ich bin nur gegangen, um ihn zu zwingen, dieses — dieses Frauenzimmer aus dem Hause zu thun. Das muß doch das Gericht einsehen!

Bormann: Erlauben Sie — das Gericht sieht gar nichts ein — es richtet sich nach dem Buchstaben des Gesetzes und nach diesem hat vorläufig Ihr Mann Recht. Das Beste ist also, Sie lassen sich scheiden!

Therese: Aber —

Bormann: Scheiden — wie gesagt, scheiden. Kostet ja nicht viel!

Therese: Ich will aber nicht — um keinen Preis! Lieber — lieber kehre ich doch zurück!

Bormann: Um Gotteswillen -- seien Sie so gut! Den schönen Prozeß verderben — das wäre das Richtige! Nein — da gibt's noch andere Mittel. Warten Sie 'mal — zum Beispiel —

Therese: Zum Beispiel?

Bormann: Wir werden den Gegner mürbe machen.

Therese: Mürbe machen?

Bormann: Bis er nachgiebt. Wir ziehen den Prozeß hinaus — immer länger hinaus, bis es der andern Partei zu langweilig oder zu teuer wird.

Therese: Und wie wollen Sie in meinem Falle?

Bormann: Wir werden die Klage Ihres Mannes abwarten und dann selbst Gegenklage auf Ehescheidung stellen — — —

Therese: Ah, wegen der Schwägerin?

Bormann: Die Schwägerin ist kein gesetzlicher Scheidungsgrund. Wir müssen einen andern nehmen! Zum Beispiele: Untreue!

2

Therese: (auffahrend) Mein Herr —

Bormann: Ist Ihr Mann nie — was man so sagt — einmal ein bischen — entgleist?

Therese: (entrüstet) Das wollte ich ihm nicht geraten haben.

Bormann: Na, na — jeder Ehemann hat in dieser Beziehung einen dunklen Punkt in seinem Leben. —

Therese: Der meine nicht — der ist dazu viel zu — zu — — —

Bormann: Zu solid?

Therese: Jawohl!

Bormann: Kennen wir; die „Soliden" das sind die Gefährlichsten. Ich habe — übrigens diesen Herrn Humplmayer in den letzten Wochen beobachten lassen — —

Therese: (ängstlich) Und — Sie haben etwas gefunden?

Bormann: Leider nichts — gar nichts!

Therese: Gott sei Dank!

Bormann: Aber wir werden ihn weiter beobachten lassen — —

Therese: Ja, thun Sie das, Herr Doktor — und ja recht genau — ich bitte Sie darum!

Bormann: Und wir werden dann schon etwas finden.

Therese: Ach, es wäre schrecklich!

Bormann: Dann werden wir den Wahrheitsbeweis antreten — Material sammeln — prozessieren — appellieren — na und darüber können immer ein paar Jährchen vergehen — — —

Therese: Und bis dahin soll ich — — — —?

Bormann: Bis dahin hat Herr Humplmayer längst wieder Sehnsucht nach seiner (mit einer Verbeugung) liebenswürdigen Frau bekommen. —

Therese: (verschämt) Ach, Herr Doktor! (steht auf).

Bormann: Und wird langsam aber sicher zu Kreuze kriechen.

Therese: Nun, ich verlasse mich ganz auf Sie — Herr Doktor! Helfen Sie mir — ich bitte Sie, ich bin ja so eine arme, unglückliche Frau — — —

Bormann: (indem er sie zur Thüre geleitet) Gewiß. Unglückliche Frauen, das ist meine Spezialität!

5. Szene.

Bormann, Schulze.

———

Schulze: (ist rasch eingetreten, dabei mit Therese zusammengestoßen, verbeugt sich) Pardon! (Nachdem die Thüre sich hinter Therese geschlossen, zieht e Bormann erregt nach vorne, sinkt auf die Chaiselongue). Ach, es ist entsetzlich!

Bormann: Willst Du Dich nicht bemühen, ein etwas geistreicheres Gesicht zu machen?

Schulze: (stürzt auf ihn zu) Du — sei so gut — pumpe mir Deinen Revolver.

Bormann: Meinen Revolver?

Schulze: Ich möchte mich schnell ein bischen totschießen.

Bormann: Das eilt doch nicht so! — Was ist denn passiert?

Schulze: Ich bin blamiert, unsterblich blamiert, wenn Du mir nicht hilfst!

Bormann: Brauchst Du Geld?

Schulze: Nein!

Bormann: Hast Du einen Prozeß?

Schulze: Nein, nein, nein! Ich brauche etwas ganz anderes!

Bormann: Na, also!

Schulze: Eine Wohnung!

Bormann: (nimmt eine Zeitung vom Tische) Hier ist der Wohnungsanzeiger!

Schulze: Ach, was — Wohnungsanzeiger! Ich brauche eine Wohnung — jetzt gleich — sofort in zehn Minuten — und zwar eine Wohnung mit mindestens drei Zimmern und sonstigen Gelegenheiten, elegant möbliert — hörst Du — hochelegant!

Bormann: Brauchst Du nicht gleich ein ganzes Landgut? Wozu — —?

Schulze: Also höre — ich habe Dir doch von diesem Humplmayer da in München erzählt.

Bormann: Jawohl!

Schulze: Nun, um mich bei dem Manne einzuführen mußte ich ihm ein bischen imponieren. Ich erzählte ihm

2*

also, daß ich in Berlin eine **Riesenpraxis** hätte — weißt Du — nur Barone und Kommerzienräte, überhaupt alles, was gut und teuer ist — —

Bormann: Sehr gut!

Schulze: Dann schilderte ich ihm so gelegentlich meine fürstlich eingerichtete Wohnung 2c. 2c. — —

Bormann: Ausgezeichnet!

Schulze: Nein, das war eben nicht ausgezeichnet! Denn — aber bitte, halte Dich jetzt fest an —

Bormann: Nun?

Schulze: Er ist da!

Bormann: Wer?

Schulze: Der Humplmayer!

Bormann: Wo?

Schulze: Hier in Berlin! Und weißt Du, was er will?

Bormann: Nun?

Schulze: Meine Bekannten will er kennen lernen — meine fürstlich eingerichtete Wohnung sehen, Berlin will er mit mir studieren — — — Und dann — seine Tochter ist auch bei ihm, ditto die alte Erbtante. In einer Viertelstunde werden sie hier sein!

Bormann: Was wollen sie denn hier?

Schulze: Mich besuchen — ich sagte es Dir ja schon! Und für diesen Zweck möchte ich Dich bitten, mir Deine Wohnung zu pumpen. Ich habe ja natürlich in meiner Verlegenheit gleich an Dich gedacht.

Bormann: Na — das freut mich! Du bist doch ein lieber Kerl!

Schulze: Nicht wahr?

Bormann: Aber — nun sag mir um des Himmels willen, wozu denn das alles? Was geht Dich denn dieser Humpelmayer an?

Schulze: So — das weißt Du nicht?

Bormann: Keine Ahnung!

Schulze: Nun, ich bin doch mit seiner Tochter so halb und halb verlobt! Habe ich Dir das noch nicht erzählt?

Bormann: Keine Silbe!

Schulze: Dann muß ich darauf vergessen haben. Aber es ist so — der Alte weiß natürlich von nichts. — —

Bormann: Jetzt — da hört aber schon alles auf — mich so hinter's Licht zu führen.

Schulze: Wenn Du mir Moral pauken willst — später bitte — jetzt aber wäre ich Dir sehr verbunden, wenn Du verduften würdest.

Bormann: Hm — wird mir wohl nichts anderes übrig bleiben! Aber Du, die Geschichte ist doch auch wahr? Nicht, daß vielleicht —

Schulze: Ehrenwort! Habe ich Dich vielleicht schon einmal angelogen?

Bormann: (ironisch) Nie!

Schulze: Na also!

Bormann: Und — und morgen früh brauche ich die Wohnung wieder!

Schulze: In einer Stunde kannst Du sie wieder haben. Es ist ja nur, damit ich sie dem alten Onkel da zeigen kann.

Bormann: Also gut! (In's Nebenzimmer rufend) Roesike! Den brauchst Du doch nicht?

Schulze: Ja so — der muß natürlich auch 'raus!

Bormann: Roesike!

6. Szene.

Die Vorigen, Roesike.

Roesike: (von links) Herr Doktor!

Bormann: Sagen Sie, Roesike, wollen Sie sich 'mal einen guten Tag anthun?

Roesike: Oh, Herr Doktor!

Bormann: So — dann verschwinden Sie jetzt möglichst geräuschlos und kommen Sie vor morgen früh nicht wieder!

Roesike: Sehr wohl! (links ab)

Bormann: (zu Schulze) Apropos — Du kennst Dich wohl aus hier mir? Hier links ist das Bureau, dort das Schlafzimmer (öffnet die Tapetenthür) der Separatausgang zur Wendeltreppe — Du weißt ja — es giebt Besuche, die durch die Hausthüre hereinkommen, die aber nicht wieder zur selben Thüre hinaus —

Schulze: Verstehe!

Bormann: (zieht den Ueberrock an) Also mach' Deine Sache gut, blamiere Dich nicht!

Schulze: Blamieren? Ist nicht! Du — sei so gut (nimmt eine Karte aus seiner Brieftasche) meine Karte könntest Du draußen anstecken.

Bormann: Schön! Also auf Wiedersehen! Vielleicht heute Abend!

Schulze: Vielleicht! (Bormann ab) So — und nun wollen wir 'mal diesem biederen Isarathener da zeigen, was 'ne Kiste ist.

Roesike: (im Hut von links) Guten Morgen, Herr Doktor!

Schulze: Guten Morgen, Roesike! Roesike, lassen Sie die Hausthüre auf!

Roesike: Jawohl, Herr Doktor (ab).

Schulze: Das heißt, so ein bischen Lampenfieber habe ich doch! Ach was — (vor dem Spiegel) die Berliner Intelligenz wird doch mit einem solchen Provinzonkel fertig werden. (Es klopft) Herein!

Roesike: (durch die Mitte) Herr Doktor, da ist ein Herr draußen, der nach Ihnen frägt!

Schulze: So ein mittelalterlicher Herr, nicht wahr?

Roesike: Jawohl!

Schulze: Aha, das ist er schon! Lassen Sie ihn nur herein, Roesike! (Roesike ab) So, Herr Humplmayer, nun kann die Komödie losgehen!

---

7. Szene.

Schulze, Hannemann.

Hannemann: (martialisch, nicht mit Dienstmütze, womöglich Berliner Dialekt, durch die Mitte) N' Morgen!

Schulze: Alle Wetter — das ist ja ein anderer! N' Morgen!

Hannemann: Wie heißen Sie?

Schulze: Wie?

Hannemann: Wie Sie heißen?

Schulze: Der ist gut! (zu Hannemann) Wilhelm Schulze!

Hannemann: (öffnet den Aktendeckel, den er unter dem Arm trägt und sieht hinein) Stimmt!

Schulze: Erlauben Sie — was haben Sie denn da?

Hannemann: Ihr Signalement!

Schulze: Wie kommen Sie denn dazu? Ueberhaupt was wollen Sie denn hier?

Hannemann: Sachte — sachte — junger Mann! Immer eines nach dem anderen. Ist das Ihre Wohnung?

Schulze: Nein — das heißt ja!

Hannemann: Gut! Ich soll Ihnen nämlich einen schönen Gruß ausrichten!

Schulze: Von wem?

Hannemann: Von Ihrem Schneider!

Schulze: Von — — —? Ach, das ist wohl wegen der lumpigen paar hundert Mark, die ich ihm noch schulde?

Hannemann: Stimmt! Der ganze Kitt beträgt 365 Mk. 70 Pfg. Wollen Sie bezahlen?

Schulze: (für sich) So viel Geld giebt's ja gar nicht (laut) Momentan bin ich leider nicht in der Lage — —

Hannemann: Ach so — — Sie haben den Kitt momentan nicht bei! Hm — dann ist's faul!

Schulze: Wieso? Ueberhaupt Mensch, wer sind Sie denn eigentlich? Stellen Sie sich doch gefälligst erst 'mal vor!

Hannemann: Vorstellen? Det sollen Sie haben! (mit Nachdruck) Hannemann, Gerichtsvollzieher!

Schulze: (sinkt in einen Stuhl) Gerichts — — —?

Hannemann: — — — vollzieher!

Schulze: für sich) Gerechter Himmel! (zu Hannemann) D'rum, Sie kamen mir gleich so bekannt vor! Und da wollen Sie wohl — — —? (macht die Bewegung des Markenklebens)

Hannemann: Wenn Sie nichts dagegen haben?

Schulze: (aufspringend) Aber ich habe sehr viel dagegen — hören Sie — sehr viel! Wissen Sie was — ich werde die Sache morgen bereinigen — warten Sie so lange!

Hannemann: Warten is nich! Entweder berappen — oder (macht die Bewegung des Markenklebens).

Schulze: Lieber, guter, bester Herr — — wie heißen Sie?

Hannemann: Hannemann!

Schulze: Herr Hannemann! Sehen Sie —

Hannemann: Quasseln Sie nicht! Ich vigiliere schon vier Wochen nach Ihnen — —

Schulze: Das thut mir aber leid, Herr Hannemann!

Hannemann: Und finde Sie nirgends! Ihre Wohnung ist nicht herauszukriegen. Und wenn man sie herauskriegt, sind Sie schon wieder ausgezogen. Nu aber ich denke mir — Hannemann denk ich mir — die Sache steht zwar etwas flaumweich — aber gemacht wird sie. Richtig — eben gehe ich da unten vorbei und sehe Sie in dieses Haus da treten. Ich denke mir wieder — Hannemann, den Jüngling solltest Du doch kennen! Wir hatten nämlich voriges Jahr schon zusammen das Vergnügen — wir zwei beide.

Schulze: Möglich, ich habe ein schlechtes Gedächtnis für Gerichtsvollzieher.

Hannemann: Na, und da warte ich ein bischen, bis der Vogel fest im Käfig saß —

Schulze: Das war sehr schlau! —

Hannemann: Und nun habe ich ihn!

Schulze: Großartig — was heutzutage alles gemacht wird. Ja — was ich aber sagen wollte, Herr Hannemann, diese Wohnung hier — diese da — —

Hannemann: Eine sehr hübsche Wohnung — —

Schulze: Die gehört gar nicht mir, sondern jemand anderem.

Hannemann: Den Zimmt kenn ich! Die Wohnung gehört immer jemand anderem.

Schulze: Die Möbel hier gehören einem Freund.

Hannemann: Auch ein sehr ausgeiranster Witz! Die Möbel gehören immer einem Freund! Kenn ich! Ist Ihr Freund da!

Schulze: Nein — aber!

Hannemann: Also dann los! (öffnet den Akt ndeckel und macht in Folgenden fortwährend Notizen) Hier haben Sie einen sehr schönen Schreibtisch!

Schulze: (wütend) Herr, ich verbiete Ihnen, diese Möbel hier anzurühren; dazu haben Sie kein Recht!

Hannemann: Nanu!

Schulze: Und wenn Sie nicht sofort diese Wohnung verlassen, werde ich mit Gewalt — — —

Hannemann: Halten Sie 'mal die Luft an! Wat wollen Sie? Gewalt? So? Na — davor ist gesorgt! Passen Sie 'mal Obacht! (öffnet die Mittelthüre, man sieht einen Polizisten unter derselben stehen) Kennen Sie det hier! (Pause) Det ist mein Kompagnon!

Schulze: Freut mich!

Hannemann: Und wenn Sie Ihre hitzige Gemütsart nicht ablegen, dann nimmt der Sie, so mit einem gewissen Wuppdich und stellt Sie kalt - - Sie verstehen schon —

Schulze: Das ist ein Gemütsmensch!

Hannemann: Nun ist er klein! Jawohl — Verehrtester — bei solch einem unsicheren Kantonisten, wie Sie, — da sieht man sich vor! Wissen Sie, uns von's Gericht kann keener! Schrumm! (klebt ein Siegel an den Schreibtisch).

Schulze: Aber zum Donnerwetter, können Sie denn das Siegel nicht irgendwo anbringen, wo man's nicht sieht?

Hannemann: Das Siegel muß für jedermann sichtbar sein — sonst gilts nischt! Schrumm! (klebt eine Marke an den Schrank). Ja, den seinen Willem spielen — dat können die Herren — aber den Schneider berappen — is nich! —

Schulze: Herr, ich verbitte mir — — —

Hannemann: Schrumm (beklebt die Stühle, das Sofa, die Bilder pp. mit Marken) Uebrigens — ein sehr hübsches Meublement, was Sie da haben. Da lohnt sich die Sache wenigstens (singt): „Seh'n Sie, das ist ein Geschäft, das bringt noch was ein!" — Schrumm!

Schulze: Er hört nicht auf!

Hannemann: (öffnet den Kasten) Ah, hier sind ja auch Kleider (nimmt einen Rock heraus). Haben Sie vielleicht eine Stecknadel da?

Schulze: Nein, — das heißt (sucht in seinem Rockfutter) Nein! (sucht auf der Chaiselongue) Aber hier ist eine Haarnadel!

Hannemann: (drohend) Eine Haarnadel? Nanu! Sie kleiner Schäker, Sie!

Schulze: Wenn Ihnen damit gedient —

Hannemann: Geben Sie her (befestigt mit der Haarnadel ein Siegel an dem Rock). So! (sieht den Papierkorb) Was haben Sie denn da alles darin?

Schulze: Die alten Briefcouverts da d'rin werden Sie doch nicht pfänden wollen?

Hannemann: (Zieht Weinflaschen und Gläser aus dem Papierkorb) Wohl Ihr Weinkeller hier — was?

Schulze: Zu dienen! Wollen Sie versuchen? (schenkt ein) Prosit!

Hannemann: Prosit! Hm — hm — wissen Sie — thut mir eigentlich leid um Sie — sind soweit ein ganz netter Junge!

Schulze: Nicht wahr? Nun, Sie gefallen mir auch ganz gut! — Schade, daß Sie Gerichtsvollzieher geworden sind. Sie könnten sich Ihr Brot doch auf anständigere Weise verdienen.

Hannemann: Herr, machen Sie keine Scherze mit Amtspersonen!

---

8. Szene.

Die Vorigen, Humplmayer.

Humplmayer: (Komischer Väterspieler, 50 Jahre, etwas protzig, dabei aber jovial, — womöglich Münchener Dialekt) (hinter der Szene) Aber zum Donnerwetter — lassen Sie mich doch hinein! (Erscheint unter der Thür, spricht zurück) Was — Eintritt verboten? Das wollen wir doch sehen!

Schulze: Was ist denn da schon wieder los? Allmächtiger Gott! — Der Humplmayer! (zu Hannemann) Sie — das ist nämlich ein Bekannter von mir!

Hannemann: Aha!

Schulze: Und der darf absolut nichts merken! —

Hannemann: Verstehe! Wird gemacht — lassen Sie ihn nur herein! Sagen Sie (deutet nach rechts) Ist da drin auch noch etwas Pfändbares?

Schulze: Ja, ja — pfänden Sie meinetwegen — jetzt geht's in einem hin — aber verschwinden Sie!

Humplmayer: (erregt eintretend) (die Thüre bleibt offen) Sie, denken Sie sich, der Kerl will mich nicht hereinlassen! „Eintritt verboten, Eintritt verboten!" (Sieht Hannemann) Entschuldigen!

Schulze: (zu Hannemann) Das ist nämlich mein Freund Humplmayer, Baumeister aus München!

Hannemann: Ist mir ein ganz besonderes Vergnügen!

Schulze: (zu Humplmayer) Und das ist ein guter Bekannter von mir, Herr Hannemann! —

Humplmayer: (giebt ihm die Hand) Freut mich, Herr Hannemann, freut mich —

Schulze: Er ist — — er ist — —.

Hannemann: „Hausleerer" — (macht die Bewegung des Ausleerens).

Humplmayer: Ah, Hauslehrer! Schön! schön! (beobachtet wieder den Polizisten) Sie, was ist denn das für ein Kerl!

Schulze: Das? Ein — ein Polizist!

Humplmayer: Nun, daß er kein Generalmajor ist, das seh' ich! Was will er denn da?

Schulze: Ach, der steht nur so da! Jawohl!

Humplmayer: So. er steht nur so da?

Schulze: Damit nichts gestohlen wird. Das ist hier so Sitte in Berlin!

Humplmayer: Was — das Stehlen?

Schulze: Nein, daß ein Polizist dasteht!

Humplmayer: So! so! Ueberhaupt merkwürdig — soviel Polizisten habe ich mein Lebtag noch nicht gesehen, als in der halben Stunde, wo ich hier bin. Jeder dritte Mensch ist hier ein Polizist!

Hannemann: (der mittlerweile im Nebenzimmer rechts war, kommt wieder heraus) So! lieber Schulze, haben Sie eine Uhr?

Schulze: (zieht ihn abseits) Schreien Sie doch nicht so!

Hannemann (leise) Haben Sie eine Uhr?

Schulze: (giebt ihm verstohlen seine Uhr) Jawohl, hier!

Hannemann: Ist gut! Wird injestochen (steckt sie ein) Haben Sie Geld in's Portemonnaie?

Schulze: (sieht nach) Sieben Mark fünfzig Pfennige.

Hannemann: Det können Sie behalten!

Humplmayer: Aber hören Sie, lieber Schulze, verdammt nobel sind Sie eingerichtet!

Schulze: Nur standesgemäß, lieber Freund, nur standesgemäß!

Hannemann: (leise zu Schulze) Sehen Sie, oller Quasselfritze, die Bude gehört doch Ihnen! Ja — ja, wie gesagt, uns von's Gericht, kann keener! Nee! Also 'n Morgen, meine Herrschaften!

Humplmayer: Guten Morgen, Herr Hannemann!

Schulze: Ad eu — und wenn Sie wieder einmal was brauchen — — (Hannemann ab) Hol Dich der Teufel!

Humplmayer: Sie, der hat Ihre Uhr eingesteckt!

Schulze: Der bringt sie schon wieder! Ist ein Patient von mir!

Humplmayer: (Auf den Magen deutend) Hier?

Schulze: (auf die Stirne deutend) Nein, hier!

Humplmayer: Hab' ich mir gleich gedacht! Wohl ein bischen sicherheitsgefährlich —— der Mann?

Schulze: Wie? — Ganz richtig! Na, also da wären Sie ja —— Humplmayerchen! Wie sind Sie denn nun eigentlich auf die Idee gekommen, uns da in Berlin zu überfallen?

Humplmayer: Gelt, da schauen Sie! Nun erstens (sieht sich vorsichtig um, leise) soll meine Frau hier sein — —

Schulze: Ihre Frau?

Humplmayer: (hält ihm den Mund zu) Aber Mensch, schreien Sie doch nicht so! Es weiß es ja niemand außer mir! Sagen Sie nur ja meiner Tochter nichts davon! Und noch weniger meiner Schwester — sonst —

Schulze: Sonst? —

Humplmayer: (leise) Sonst muß ich wieder abreisen! (laut) Zweitens haben Sie mir von Berlin so viel erzählt, daß ich neugierig wurde.

Schulze: Aha, Sie wollen sich 'mal ein bischen bei uns umsehen?

Humplmayer: (stößt ihn an, verschmitzt) Ja! — alles will ich kennen lernen, Berlin über der Erde, Berlin unter der Erde, Berlin bei Tag, Berlin bei Nacht — — (stößt ihn wieder an) besonders bei Nacht!

Schulze: Verstehe! (Für sich): Mit sieben Mark fünfzig Pfennige im Portemonnaie.

Humplmayer: Ja — und dann drittens — wissen Sie, wer eigentlich an dieser Reise Schuld ist?

Schulze: Nun?

Humplmayer: Meine Tochter! Die Paula, Sie setzte sich absolut in den Kopf, sie wollte nach Berlin! Na — und wenn die sich etwas in den Kopf setzt — — Wissen Sie vielleicht, was meine Paula in Berlin sucht?

Schulze: Keine Ahnung!

Humplmayer: (droht ihm mit dem Finger) Na, Na!

Schulze: Aber ich weiß wirklich nicht — —

Humplmayer: Stellen Sie sich nur nicht so un= schuldig! Sie glauben wohl, ich habe gar nichts gemerkt (stößt ihn an).

Schulze: Nun, wenn ich offen sein soll —

Humplmayer: Macht ja auch nicht! Wenn Sie das Mädel will — — — wir haben's Gott sei Dank, daß wir den heiraten können, den wir gern haben.

Schulze: Wirklich?

Humplmayer: Und was Sie betrifft — Sie sind zwar ein Berliner — und die konnte ich nie leiden — die renommieren mir zu viel — — —

Schulze: Ich aber gewiß nicht!

Humplmayer: Gewiß — Sie sind eine Ausnahme und mir wenigstens gefallen Sie ganz gut.

Schulze: Wirklich? (breitet seine Arme aus) Das freut mich, lieber Schwiegerpapa!

Humplmayer: Halt, nur nicht so hitzig! Wissen Sie wenn meine Tochter 'mal heiratet, soll sie auch glücklich werden. Und da muß ich mich — ehe ich meine Einwilli= gung gebe — doch noch genauer nach Ihren Verhältnissen umsehen!

Schulze: Ach so — meine Verhältnisse! Ist aber wirk= lich nicht der Mühe wert — wirklich nicht! Uebrigens — damit wir von etwas anderem reden — wo sind denn die Damen?

Humplmayer: Die warten vorne an der Ecke! Sie könnten eigentlich 'mal hingehen und sie herbringen. Ich schreibe einstweilen an meinen Geschäftsführer.

Schulze: Aber gewiß (zieht sich an)

Humplmayer: Und unter uns gesagt — wenn Sie meine liebe Schwester im Gedränge verlieren sollten — — s'schadet nichts — — schadet gar nichts!

Schulze: Nun — wenn möglich! — — (lachend abgehend) Ein scherzhafter Mensch dieser Humplmayer!

Humplmayer: (ihm nachsehend) So hab' ich mir meinen Schwiegersohn immer vorgestellt, hübsch — flott — elegant — lustig — solid. Und wie die Leute hier eingerichtet sind! — (wiegt sich auf der Chaiselongue) Wie weich sich da liegt! So ein Ding muß ich mir auch machen lassen — — — Ja so — der Brief! (setzt sich an den Schreibtisch, schreibt: Lieber Herr Huber! Sind soeben in Berlin angekommen — angekommen. (Es klopft) Da kommt jemand! Herein!

---

9. Szene.

Humplmayer, Mizi Stahl.

Mizi: (sehr fesch und munter) Servus, mein Herr! Herr Doktor zu Hause?

Humplmayer: Nein, mein Fräulein! (für sich) Alle Wetter, ist die sauber! Ja, so ein Doktor hat's halt schön!

Mizi: So — Sie warten wohl auf ihn?

Humplmayer: Wenn Sie erlauben — — —

Mizi: Bitte! — —

Humplmayer: Sie sind — Sie sind wohl etwas leidend?

Mizi: Nein, bin sehr gesund!

Humplmayer: (für sich) So, so! Ei, ei! (laut) Dann sind Sie wohl nicht — nicht geschäftlich hier?

Mizi: Nein!

Humplmayer: (für sich) Nicht übel! Ja, ja, diese Doktoren!

Mizi: Im übrigen sind Sie nicht so neugierig, alter Herr! —

Humplmayer: (entrüstet) O, ich bin kein alter Herr, mein Fräulein!

Mizi: So? Dann sind Sie vielleicht so galant und geben dem Herrn Doktor diese Karten, wenn er kommt, verstanden? (Giebt ihm einige Karten).

Humplmayer: Gewiß! (für sich) Die ist rejolut (liest eine Karte) Wintergarten, Benefiz für Frl. Mizi Stahl, Kostümsoubrette (pfeift) Ach, diese Mizi Stahl — sind S'e das?

Mizi: Bin ich! Wollen Sie auch hingehen? Hier haben Sie eine Karte! (Giebt ihm noch eine Karte)

Humplmayer: Danke, danke! Kostet?

Mizi: Drei M.!

Humplmayer: (Giebt ihr Geld) Hier! Wissen Sie ich bin fremd hier und interessiere mich furchtbar für Tingel, — Tangel!

Mizi: Varièté bitte! Das sind 20 Mark — bekommen Sie siebzehn Mark heraus!

Humplmayer: O bitte, bitte!

Mizi: Nehmen Sie!

Humplmayer: Benefiz" heißt doch „zum Besten" — so viel Französisch können wir nämlich auch —; na, und „zum Besten" da sind der Wohlthätigkeit keine Schranken gesetzt!

Mizi: Mein Herr, ich habe eine Monatsgage von tausend Mark! —

Humplmayer: Respekt, Respekt!

Mizi: Und brauche von Ihnen nichts geschenkt, verstanden?

Humplmayer: Dann geben Sie's meinetwegen der Reichsfechtschule; — ich nehm's nicht mehr! Wir haben's ja — Gott sei Dank!

Mizi: (für sich) Aha, eine Wurzen!

Humplmayer: Wie meinen Sie?

Mizi: Eine Wurzen — habe ich gesagt!

Humplmayer: Was ist das?

Mizi: Ein — ein nobler Herr — der — der nichts davon hat!

Humplmayer: Aha, soll ich sein! Will auch gar nichts, nein, mein Fräulein!

Mizi: Aber, ich kann mich ja gar nicht revanchieren!

Humplmayer: Bitte, bitte, gar nicht notwendig!

Mizi: Halt, ich hab's! Sie sind so ein lieber alter Herr! — — —

Humplmayer: (wütend) Ich bin kein alter Herr!

Mizi: Na, so beißen Sie doch nicht gleich! Sie sind fremd hier — gut! Wollen Sie 'mal einen fidelen Abend mitmachen?

Humplmayer: Aber natürlich!

Mizi: Dann besuchen Sie mich heute Abend nach der Vorstellung. Hôtel Central!

Humplmayer: (verblüfft) Besuchen — meinen Sie?

Mizi: Sie kommen doch — Herr — —?

Humplmayer: Humplmayer aus München!

Mizi: Ah, aus München — also!

Humplmayer: Ihre Mama ist wohl auch dabei heute Abend:

Mizi: Meine Mama? Nein!

Humplmayer: (springt auf, reibt sich die Hände) Ah das wird ja großartig! (zu Mizi) Aber, sagen Sie — — — der Herr Doktor — kommt der vielleicht auch?

Mizi: Natürlich, der kommt auch! Wohl-ein Freund von Ihnen — was?

Humplmayer: Ja! (für sich) Das ist schade! Ein unangenehmer Mensch, dieser Doktor! Wart, dem werde ich ich solche Geschichten abgewöhnen!

Mizi: Also — auf Wiedersehen -- heute Abend, Herr, Herr — —?

Humplmayer: Humplmayer; darf ich bitten? (Er öffnet mit einer Verbeugung die Thür in der Mitte. Mizi geht währenddem zur Tapetenthüre rechts und verschwindet. Humplmayer geht erstaunt zur Tapetenthüre, öffnet diese und schaut verblüfft hinaus). Ah, da muß ich bitten! Da ist ja ein — ein Notausgang! Die kennt sich aus hier! Ah, ah, ah! Diese Berliner nein, diese Berliner! (steckt die Hände in die Hosentaschen und tanzt vergnügt im Zimmer herum) Ha, ha -- heute Abend wird's fidel! Das wird interessant -- trala — la - la! (summt eine Melodie vor sich hin; man hört draußen Stimmen) O weh — die Alte!

---

10. Szene.

Humplmayer, Schulze, Veronika, Hassel, Paula.

Veronika: (komische Alte, unter der Thüre) Humplmayer, kann ein junges Mädchen hier eintreten?

Humplmayer: Natürlich, hier ist doch keine Räuberhöhle!

Veronika: Das verstehst Du nicht! (zu Paula, die noch auf dem Korridor steht) Warte noch einen Moment, mein Kind — ich will einmal nachsehen! (Geht prüfend im Zimmer herum).

Schulze: (leise zu Humplmayer) Ich habe sie leider nicht verloren.

Humplmayer: Schade!

Veronika: (nimmt ein Bild von der Wand) Herr Doktor, was stellt dieses Bild vor?

Schulze: Die letzten Augenblicke der Kleopatra!

Veronika: (hängt das Bild umgekehrt an die Wand) Braucht ein junges Mädchen nicht zu sehen! (bemerkt die Apollo- statue) Was ist das für eine Figur hier?

Schulze: Der Apollo!

Veronika: (dreht die Statue um) Muß auch ein sauberer Herr gewesen sein, dieser Apollo! So — Paula, Du kannst hereinkommen!

Paula: Guten Tag, Papa! (zu Schulze förmlich) Herr Doktor, wir stören Sie doch nicht?

Humplmayer: (ahmt sie nach, für sich) Herr Doktor, wir stören Sie doch nicht? Das ist eine — das ist eine!

Schulze: Bitte, mein Fräulein!

Veronika: Wir werden nicht lange bleiben! Ich bin sehr müde von der Reise — ich bin das nicht gewohnt. Und da möchte ich ein bischen ausruhen!

Schulze: Wenn Sie vielleicht hier — —?

Veronika: (drohend) Herr! Ich soll in die Wohnung eines ledigen Herrn — —

Humplmayer: (zu Schulze) Um Gotteswillen — Mensch — was fangen Sie an? Seien wir froh, wenn wir sie los haben.

Veronika: Wir werden ins Hôtel zurückgehen —, komm, Paula!

Paula: Aber Tante — ich bin doch nicht nach Berlin gekommen, um zu schlafen. Ich habe nämlich gar keinen Schlaf!

Humplmayer: (für sich) Das glaube ich!

Veronika: Gut, dann gehe ich allein! Aber ich habe keinen Wagen — —

Humplmayer: Einen Wagen? Sofort! (zu Schulze) Um jeden Preis schnell einen Wagen — sonst bleibt sie da! (alles rennt durcheinander).

Schulze: Ich werde einen holen!

Humplmayer: (am Fenster) Halt, da fährt eben einer vorbei! (hinausrufend) Kutscher, sind Sie frei, ja? Schön — warten Sie! (zu Veronika) Er ist frei, er ist frei!

Veronika: (zieht Humplmayer beiseite) Humplmayer, ich vertraue Dir Deine Tochter an!

Humplmayer: Nur keine Angst!

Veronika: (zieht Paula auf die andere Seite) Paula; gieb auf Deinen Vater Acht, daß er keine Dummheiten mach!

Paula: Aber Tante!

Veronika: Ruhig! Du kennst Deinen Vater nicht und kennst die Welt nicht! Ich kenne beide! Guten Morgen! (ab).

Humplmayer: (springt im Zimmer herum) Hurra! sie ist fort — sie ist fort! Kinder, jetzt wirds fidel! (deutet nach der Thüre). Ein angenehmes Frauenzimmer das — wie?

Schulze: Warum machen Sie sich eigentlich nicht von ihr los?

Humplmayer: Losmachen? „Schnell ist die Jugend fertig mit dem Wort" sagt der Goethe!

Schulze: Der Schiller!

Humplmayer: Oder der Schiller! Haben Sie mit der schon einmal einen Streit gehabt?

Schulze: Nein!

Humplmayer: Dann sind Sie froh! Die hat eine Zunge wie ein Rasiermesser — so scharf! Geradezu lebensgefährlich sage ich Ihnen! (Steht das Bild an der Wand) Uebrigens, das Bild hier — ist denn das wirklich so schlimm?

Schulze: Nicht im geringsten!

Humplmayer: (trägt das Bild vor) Na — es geht an! Sie, da ist übrigens eine Marke darauf — das Reichswappen, wie es scheint!

Schulze: Ach ja, ganz richtig — (für sich) hats richtig schon gesehen! (laut) Das ist nämlich — hm, hm, das Bild ist nämlich angekauft — vom Staat für die Nationalgallerie — ja! — —

Humplmayer: Ah, gratuliere, gratuliere! Apropos — was ich sagen wollte — Sie, kennen Sie — eine — eine Mizi Stahl?

Schulze: Ich — nein — das heißt ja — — —

Humplmayer: Ich kenne sie nämlich auch! —

Schulze: Sie? Woher?

Humplmayer: Ja, das möchten Sie wohl gerne wissen? (dreht ihm eine Nase) Ha — ha! So und nun werde ich meinen Brief fertig schreiben. Aber, im Nebenzimmer — da bin ich ungestörter (nimmt das Schreibzeug, abgehend) Muß euch beide ein bischen allein lassen — wenns euch auch noch so unangenehm ist — ha ha ha! Unterhalten Sie halt meine Tochter ein bischen — lieber Schulze — ich thu' Ihnen auch wieder 'mal einen Gefallen. Ha! ha! (ab nach rechts).

Paula: (sieht sich vorsichtig um, ob Humplmayer fort ist, stürzt dann Schulze in die Arme, Endlich!

Schulze: Paula!

Paula: Das ist eine Ueberraschung, nicht wahr?

Schulze: (seufzend) Na — und ob?

Paula: Und wer hat das fertig gebracht? Die —?

Schulze: Die Paula! Und wer bekommt jetzt einen Kuß? Der —? Der —? Na — der Willy! (küßt sie).

Paula: (verschämt) Du Böser! — Ach, ich habe eine Sehnsucht nach Dir gehabt — namenlos! Schrecklich, wenn ich daran denke, wie lange das noch so fortgehen soll! Mein Papa weiß nämlich noch immer nichts!

Schulze: Weißt Du das sicher?

Paula: Nun, ich kenne doch meinen Papa! Er darf gar nichts wissen!

Schulze: Thut nichts — wir werden ihn schon herumkriegen! Kleinigkeit!

Paula: Ach, ich habe eine Angst! Weißt Du, er ist so schwer zu behandeln!

Schulze: Verlaß Dich auf mich — ich bin schon mit ganz andern Leuten fertig geworden.

Paula: Hoffen wir das beste! Auf die Dauer thut das ja auch nicht gut — so — oh, ich hatte eine Angst um Dich!

Schulze: Angst?

Paula: Du erzähltest mir soviel von den Berliner Damen! Und sie sind sehr schön — diese Berliner Damen — das habe ich bis jetzt schon gesehen! Und da dachte ich mir — jetzt sitzt er vielleicht mit einer zusammen — mit einer, die viel hübscher ist, als ich — und macht ihr den Hof! — Aber, nicht wahr, ich habe unrecht? (Stürmisch) sage mir, daß ich unrecht habe — eins — zwei — drei — oder — (packt ihn bei den Haaren).

Schulze: (lachend) Ja, ja, ja, sei so gut — ich will noch länger leben!

Paula: Du, Willy — zeig' mir Dein Photographie-Album!

Schulze: Photographie-Album? Hab ich nicht!

Paula: (nimmt das Album vom Schreibtisch, öffnet es) So, was ist denn das hier?

Schulze: Richtig, ja, — da hab' ich ganz darauf vergessen!

Paula: Du, da sind aber viele Damen darin!

Schulze: So! Das sind meistens Patientinnen von mir!

Paula: Und die schenken Dir ihre Photographie? Du — das muß aufhören!

Schulze: Aber, Paula!

Paula: Wenn wir einmal verheiratet sind (warnend) darfst Du keine Dame mehr behandeln — nur noch Herren — hörst Du?

Schulze: Natürlich!

Paula: (Wirft das Buch auf den Tisch, entrüstet) Ah!

Schulze: (nimmt das Album auf) Was ist denn? (Wirft einen Blick in dasselbe, für sich) O, dieser verdammte Emil! (es klopft) Du — da kommt jemand! Geh' einmal ein bischen zu Papa hinein — ja? (schiebt sie hinaus; es klopft wieder) Herein! Ich bin nur neugierig, wer das wieder ist?

---

11. Szene.

Schulze, Elise von Brennecke.

Elise: (30 Jahre, hübsch, elegant, rasch eintretend, fährt zurück) Ach, ich glaubte, ich dachte — Herr Dr. Bormann —!

Schulze: Herr Dr. Bormann ist nicht zu Hause.

Elise: Wann — wann kommt er denn wieder?

Schulze: Vor morgen früh nicht mehr!

Elise: Ach Gott — ich muß ihn aber unbedingt heut noch sprechen —

Schulze: Geschäftlich?

Elise: Nein, es handelt sich um eine sehr wichtige — (verlegen) sehr wichtige, private Angelegenheit

Schulze: Private Angelegenheit? Aha! (für sich) O, Emil! (zieht Elise nach links vorne) Sprechen Sie, bitte, etwas leise — es ist jemand im Nebenzimmer. Kann ich etwas ausrichten?

Elise: Nein, nein! Sagen Sie mir nur, wo ich ihn heute noch treffen kann?

Schulze: Weiß nicht, wo er ist? Das heißt — heute Abend — — ?

Elise: Heute Abend — — ?

Schulze: Ist er eingeladen?

Elise: Wo — wo?

Schulze: (für sich) Donnerwetter, hat die Feuer! (zu Elise) Na, kleines Souper! Hôtel Central — Zimmer Nr. 65.

Elise: Nr. 65? Wann?

Schulze: Nun, so um zehn Uhr herum!

Elise: Man könnte aber stören!

Schulze: (anzüglich) Sie nicht!

Elise: Und es paßt sich auch nicht, daß ich hingehe — nachts! Ich hab' so schon viel gewagt! Ach, was müssen Sie von mir denken — mein Herr —, daß ich so allein hier — in der Wohnung eines unverheirateten Herrn — —

Schulze: Ich denke gar nichts! Viel denken macht Kopfweh!

Elise: (ist mittlerweile ans Fenster getreten) Ah!

Schulze: Was ist — — — ?

Elise: Mein Mann!

Schulze: (für sich) Einen Mann hat die auch! Armer Kerl! (laut) Wo?

Elise: Sie sehen ihn nicht mehr. Er geht auf das Haus zu — er hat mich bemerkt — vielleicht kommt er herauf! Oh, er darf mich hier nicht sehen! Er ist so fürchterlich eifersüchtig!

Schulze: (anzüglich) Wie es scheint — nicht ganz ohne Ursache!

Elise: Ich bitte Sie — ich beschwöre Sie — verbergen Sie mich!

Schulze: Nicht notwendig! Haben Sie keine Angst! Bitte, hier! (öffnet die Tapetenthür) Diese Treppe hier führt in eine Seitengasse! (Elise schnell ab) Wofür hätten wir denn diese Patentwohnung mit Vexierverschluß! Na — der Emil wird schauen — heute Abend — um zehn Uhr!

---

12. Szene.

Schulze, Paula.

Paula: (von rechts, zieht Schulze nach vorne) Wer war die Dame?

Schulze: Eine — eine Patientin!

Paula: Was hattest Du denn mit der zu flüstern? Ich habe kein Wort verstanden!

Schulze: War auch gar nicht nötig! Was gehen Dich denn die Krankheiten meiner Patienten an?

Paula: Krankheit! Scheint eine nette Krankheit zu sein — das! (drohend) Du! Ich will nicht, daß Du mit Damen so geheimnisvoll flüsterst!

Schulze: Aber, erlaube mein Kind — — (es klopft) Zum Teufel, ist denn da heute gar keine Ruhe?

Paula: Vielleicht wieder eine Patientin!

Schulze: Möglich! (will sie wegführen)

Paula: Nein, diesmal bleibe ich! Ich will hören, was Du — — — (es klopft wieder).

Schulze: Aber, so geh doch!

---

13. Szene.

Die Vorigen, Walter von Brennecke.

Brennecke: (55 Jahre alter Militär, stramm, brummig, tritt ein und bleibt überrascht stehen. Paula versteckt sich hinter der Fenstergardine links) Ah!

Schulze: Sie, Herr von Brennecke?

Brennecke: Sie wohnen hier?

Schulze: Ja, hm — seit ein paar Tagen.

Brennecke: (kommt mit kurzen schlürfenden Schritten nach vorne. (Er hinkt etwas —) Ha, ha, ha! sehr kurios — das! In der That sehr kurios! (sieht sich im folgenden forschend im Zimmer um).

Schulze: Womit kann ich dienen?

Brennecke: Ja, was wollte ich doch gleich? So, so — also Sie wohnen hier! Ha — ha, das ist sehr spaßhaft!

Schulze: Kann ich nicht finden! Imübrigen: sind Sie krank?

Brennecke: Warum?

Schulze: Weil Sie — so gehen! (ahmt ihn nach).

Brennecke: Na — bischen Fuß verstaucht! Wissen Sie!

Schulze: So! Sagen Sie — suchen Sie etwas hier?

Brennecke: Suchen? Sie meinen, weil ich so — —? Hm, jetzt muß ich 'mal dumm fragen! Ha, ha, aber schon sehr dumm!

Schulze: Bitte!

Brennecke: Ist meine — meine Frau nicht hier?

Schulze: Ihre — — —?

Brennecke: Frau!

Schulze: Ich kenne Ihre Frau gar nicht (für sich) Also, das war dem seine Frau! Schau! schau!

Brennecke: Hm, hm! Aber ich sah sie doch vorher in dieses Haus treten — und dann sah ich sie vom Fenster hier oben. Das ist doch der erste Stock?

Schulze: Gewiß, aber Ihre Frau ist nicht hier!

Brennecke: Ehrenwort?

Schulze: Ehrenwort!

Brennecke: (fidel, richtet sich stramm auf, macht ein paar große, elastische Schritte) Dann habe ich mich getäuscht!

Schulze: (verwundert) Aber, jetzt können Sie auf einmal wieder gehen!

Brennecke: Das war blos Maske!

Schulze: Maske?

Brennecke: Vor meiner Frau! Mir fehlt nämlich gar nichts — aber nun ja -- man ist ja gerade kein Jüngling mehr, aber das Herz hier ist jung geblieben. Na — und da haut man 'mal gerne über die Stränge. Sie wissen ja -- Wein, Weib und Gesang! Na, und damit meine Frau nichts merkt —

Schulze: Markieren Sie zu Hause das Podagra.

Brennecke: Dann traut sie mir nämlich nichts zu und hält mich für einen Mustergatten. Idee — was?

Schulze: Famos!

Brennecke: Aber jetzt scheint sie mich doch allmählich für zu harmlos zu halten. Sie betrügt mich!

Schulze: Oh!

Brennecke: Weiß nur noch nicht, mit wem? Aber, wenn ich den Kerl erwische — (packt Schulze am Halse) ich erwürge ihn!

Schulze: Aber, lassen Sie doch los — ich bins ja nicht!

Brennecke: Pardon, na, also auf Wiedersehen! (will gehen, findet auf der Chaiselongue den Sonnenschirm seiner Frau, den diese liegen gelassen) Was ist denn das da? (wütend) Herr, was ist das hier?

Schulze: (unschuldig) Das? Ein Sonnenschirm!

Brennecke: Das ist der Sonnenschirm meiner Frau!

Schulze: Erlauben Sie — es kann doch mehr Damen geben, die solche Schirme tragen.

Brennecke: So! Na, warten Sie 'mal! Als ich neulich mit meiner Frau vom Theater nach Hause fuhr, brannte ich mit der Zigarre ein Loch in den Schirm (spannt den Schirm auf) Aha, hier ist das Loch! Herr, wo ist nun die Frau, die zu diesem Schirm gehört? Meine Frau!

Schulze: Herr, lassen Sie mich in Ruhe!

Brennecke: Sie ist hier! Sie haben Sie hier versteckt!

Schulze: Wo denn? Soll ich sie vielleicht in der Tasche haben? (leert seine Taschen aus) Bitte, überzeugen Sie sich — —

Brennecke: (sucht unter und hinter allen Möbeln herum) Ich werde sie finden! Wehe Ihnen, wenn ich sie finde! (er schlägt die Fenstergardinen zurück, hinter der Paula hervortritt) Ha — pardon, mein Fräulein! (nach einer Pause leise zu Schulze) Mein Herr, Sie sind — Sie sind ein Wüstling!

Schulze: Himmelbombenelement!

Brennecke: Nur die Gegenwart dieses armen Mädchens hindert mich — — aber wir treffen uns noch — o ja, mein Herr! (wütend ab)

Paula: (zu Schulze, der erregt auf= und abgeht) Pfui, mein Herr!

Schulze: Aber Paula, ich bitte Dich — —

Paula: Schweigen Sie, schweigen Sie, schweigen Sie (stampft mit dem Fuße).

Schulze: Aber so laß Dir doch erklären — — —!

Paula: Ich will nichts hören! (hält sich die Ohren zu).

Schulze: „Lieber Schatz — .— —!„

Paula: Ich bin nicht Ihr „lieber Schatz", mein Herr!

Schulze: Komm gieb mir einen Kuß! (geht auf sie zu)

Paula: (drohend) Kommen Sie mir nicht zu nahe, mein Herr oder — oder es giebt ein Unglück!

14. Szene.

Die Vorigen, Humplmayer.

Humplmayer: (von rechts, hält eine Hose in der Hand, an der ebenfalls das Siegel angebracht ist) Aber warum schreit Ihr denn so, Kinder?

Schulze: (wütend) Wir schreien ja gar nicht! Wir unterhalten uns nur ein wenig lebhaft.

Humplmayer: Scheint so! (zieht Schulze nach vorne, zeigt ihm die Hose) Uebrigens, Sie, da ist schon wieder das Reichswappen darauf!

Schulze: Wo?

Humplmayer: Hier! Hat das vielleicht auch der Staat angekauft? (zeigt die Hose dem Publikum)

Schulze: (fällt auf die Chaiselongue) Allmächtiger Himmel!

II. Aufzug.

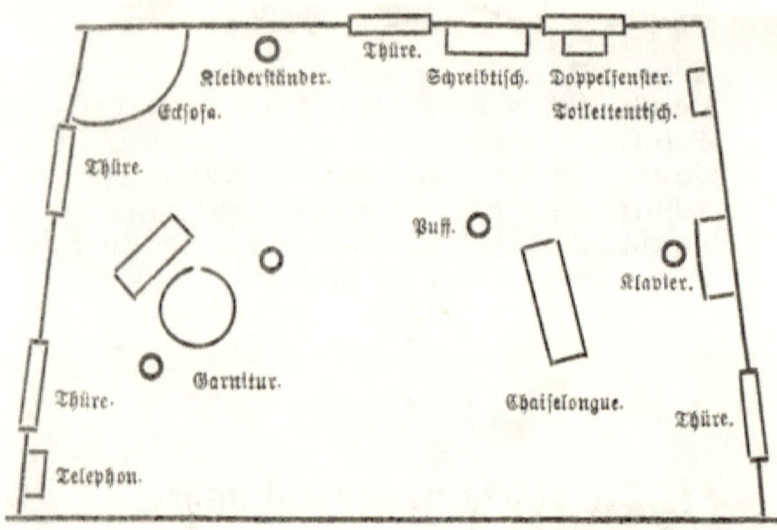

Ein reich ausgestattetes Hotelzimmer. Im Hintergrunde eine, links zwei, rechts eine Thüre. Rechts hinten großes Parterrefenster mit Fenstertritt. Draußen Straße mit Mondschein und brennender Gaslaterne. Links vorn ein Telephon. Rückwärts ein Ecksofa mit Fellen, darüber Photographien. Daneben ein Kleiderständer. In der Mitte ein Schreibtisch. Rechts ein Klavier mit brennenden Wachskerzen. Lorbeerbäume an den Wänden. Kränze mit Schleifen, Fächer ꝛc. Vorn eine Chaiselongue. In der Mitte ein Gaslustre. Links ein Tisch, darauf eine Lampe mit rotem Schirm.

1. Szene.

Rosa, Fritz.

Fritz: (unter der Thüre) Rosa!

Rosa: Nun?

Fritz: Sind Sie allein?

Rosa: Wie Sie sehen!

Fritz: Ach, Rosa! (seufzt)

Rosa: (für sich) Fader Kerl! (laut) Was wollen Sie denn?

Fritz: Der Herr da auf Nr. 147 — es ist ein Kollege von Ihrem Fräulein, ein Clown, glaube ich, sagt man — —

Rosa: Ach, Herr Tompson! — — —

Fritz: Er läßt fragen, ob er morgen um 12 Uhr eine Probe mit dem Fräulein haben könnte; — es ist wegen des neuen Duettes — — —

Rosa: Werd's ausrichten! Können wir heute das Nebenzimmer haben?

Fritz: Gesellschaft?

Rosa: Jawohl!

Fritz: (sperrt die beiden Thüren links auf) Wieviel?

Rosa: Ungefähr ein halbes Dutzend!

Fritz: Wein?

Rosa: Sekt!

Fritz: Decken?

Rosa: Natürlich! Vorwärts, helfen Sie mir! Fix! fix!

Fritz: (seufzt) Ach, Rosa!

Rosa: (mit ihm abgehend) Und halten Sie beim Decken hübsch die Hände an sich — sonst — — (Macht die Geberde des Zuschlagens).

2. Szene.

Schulze, später Humplmayer.

Schulze: (tritt schnell ein, geht zur Thüre links) Rosa!

Rosa: (von außen) Guten Abend, Herr Doktor!

Schulze: Herr Dr. Bormann schon dagewesen?

Rosa: Nein!

Schulze: (für sich) Da sitze ich schön in der Tinte! Der Alte wird schon mißtrauisch — die Paula ist wütend — eine Versöhnung gar nicht denkbar. — — und wer ist Schuld daran? Dieser verdammte Emil mit seiner Patentbude! Der reinste Taubenschlag diese Bude! (zündet sich eine Zigarre an) Aber er muß mir helfen! Er muß! Wird ihm schon etwas einfallen! (Wirft die Zigarre wieder weg) Ich will nicht rauchen; bin gar nicht in der Stimmung dazu! (Man hört im Nebenzimmer etwas umfallen, gleich darauf stürzt Fritz heraus, hinter ihm fliegt ein Teller zu Boden. Fritz stürzt zur Thüre hinter und stößt an Humplmayer an, der eben mit einem riesigen Bouquet in der Hand eintritt).

Humplmayer: Hopla! Sie, der Weg geht aber hier nicht mitten durch die Leute durch! (betrachtet sein etwas zerdrücktes Bouquet) Ah, ah! kostet mich fünfundzwanzig Mark.

Schulze: (verdutzt nach einer Pause) Sie hier?

Humplmayer: Jawohl, ich hier!

Schulze: Was thun Sie denn hier?

Humplmayer: (verschmitzt) Weiß ich noch nicht!

Schulze: Wo sind denn Ihre Damen?

Humplmayer: Die Paula schläft! — Sie, was haben Sie denn eigentlich mit der gehabt? Die ist wütend; — ich mußte sie gleich nach Hause bringen; — sie spricht nichts, ißt nichts, trinkt nichts — —

Schulze: Ach — kleines Mißverständnis! Und die Tante?

Humplmayer: Die sitzt im Konversationszimmer unseres Hôtels und wartet auf mich. Ich habe ihr nämlich weis gemacht, ich wäre zu einem Vortrag des Architektenvereins eingeladen! Da kann sie lange warten!

Schulze: Aber, wie kommen Sie denn eigentlich nun hierher?

Humplmayer: Nun — mit der Trambahn!

Schulze: Wenn Ihre Schwester das merkt!

Humplmayer: Drum thun Sie mir den Gefallen und gehen hin zu ihr. Erzählen Sie ihr ein Paar Räubergeschichten und sehen Sie, daß sie zu Bett geht. Wollen Sie?

Schulze: Bedaure — ist ganz unmöglich!

Humplmayer: Sind Sie doch nicht so abgeschmackt! — Sehen Sie, — ich bin wegen Ihnen bis von München hergekommen und Sie wollen wegen mir nicht einmal die Paar Häuser weit — —

Schulze: Aber — aber — ich kann Sie doch hier nicht allein lassen!

Humplmayer: Erlauben Sie, ich bin großjährig!

Schulze: (für sich) Es wird immer besser! (laut) Aber Sie dürfen hier zu keinen Menschen sagen, daß Sie mich kennen.

Humplmayer: Warum denn nicht?

Schulze: Weil — man soll nicht erfahren, daß ein zukünftiger Verwandter von mir hier verkehrt!

Humplpmayer: So?

Schulze: Ja!

Humplmayer: Sie selbst dürfen aber hier schon verkehren!

Schulze: Ich bin Arzt!

Humplmayer: Er ist Arzt! Großartig! Sie — ist es denn wirklich so schrecklich hier?

Schulze: Noch schrecklicher!

Humplmayer: Desto besser! Dann bleibe ich erst recht! Also, jetzt gehen Sie, gehen Sie! - - Wenn die Alte schläft, können Sie ja wiederkommen.

---

3. Szene.

Die Vorigen, Mizi.

Mizi: (im langen Mantel, begegnet den abgehenden Schulze) Wollen Sie schon wieder fort?

Schulze: Dienst! Dienst! Ein Patient!

Mizi: So — haben Sie wieder einen so weit?

Humplmayer: Ha, ha! Sehr gut! (Schulze ab)

Mizi: (bemerkt Humplmayer) Ah, da sind Sie ja!

Humplmayer: (überreicht das Bouquet) Darf ich mir erlauben?

Mizi: Sie stürzen sich in Unkosten, lieber Freund! Waren Sie in der Vorstellung?

Humplmayer: Es war wunderhübsch!

Mizi: Das freut mich! (in's Nebenzimmer) Rosa!

Rosa: (von links) Fräulein!

Mizi: Hier (nimmt ihren Mantel ab und giebt ihn Rosa. Sie steht im Kostüm einer Soubrette da, die Wahl desselben bleibt der Darstellerin überlassen).

Humplmayer: (stößt einen Ausruf der Ueberraschung aus) Ah, das lasse ich mir gefallen!

Mizi: (stellt sich hinter das Sofa) Was gucken Sie denn so? (Blickt auf ihr Kostüm) Ach so — das? Daran werden Sie sich gewöhnen! Meine Freunde lieben das, und warum soll ich ihnen so ein kleines unschuldiges Vergnügen — — (Rosa ab).

Humplmayer: (klettert auf das Sofa, um Mizi besser sehen zu können) Natürlich.

Mizi: — — — nicht gönnen. Es ist übrigens mein Arbeitskleid, also nichts Schlimmes!

Humplmayer: Ganz meine Ansicht!

Mizi: Wie gefällt's Ihnen denn in Berlin bis jetzt?

Humplmayer: (starrt noch immer auf das Kostüm) Immer besser!

---

4. Szene.

Die Vorigen, Bormann.

Bormann: N'Abend, Mizi!

Mizi: Ah, Emil!

Bormann: (klascht in die Hände) Bravo! Famos war's! Wie ist denn die Kasse?

Mizi: Ausverkauft!

Bormann: Gratuliere!

Mizi: (führt Humplmayer vor) Hier, meine neueste Eroberung, Herr —

Humplmayer: Humplmayer!

Bormann: Humplmayer? Aus München?

Humplmayer: (verblüfft für sich) Sollte ich in der kurzen Zeit hier schon so bekannt sein? (laut) Gewiß! Kennen S.e mich?

Bormann: (lachend) Na — habe wenigstens schon sehr viel von Ihnen gehört?

Humplmayer: (grimmig) So? (für sich) Ich glaube, der will mich frozzeln!

Bormann: Sie ahnen gar nicht, wie sehr es mich freut, Sie kennen zu lernen! Faktisch. (Fritz trägt einen Sekt=kübel durch das Zimmer) Kommen Sie mit, ein Glas Sekt trinken! Was? Mizi, Sie pumpen mir Ihren Freund schon ein wenig! (nimmt Humplmayer unter den Arm) Wollen Sie?

Humplmayer: Na ja!

Bormann: Also: (für sich) Den wollen wir uns ein=mal beibiegen (ab)

Mizi: (geht vor den Spiegel, bringt ihre Frisur in Ordnung) Rosa! —

Rosa: (von links) Fräulein!

Mizi: Geben Sie mir etwas Puder und den Augenstift. (Rosa geht in's Zimmer rechts und bringt beides; Mizi pudert sich. Rosa ab.)

5. Szene.

Mizi, v. Brennecke.

Brennecke: (mit einem kleinen, aber chic gebundenen Bou=quet, durch die Mitte) Stört man?

Mizi: Ah, lieber Brennecke — leben Sie auch noch?

Brennecke: Gott sei Dank!

Mizi: Wo stecken Sie denn die ganze Zeit? Haus=arrest — was?

Brennecke: Ha, ha! Hausarrest — sehr gut! (übergiebt sein Bouquet)

Mizi: Ah, klein — aber fein! Ja, ja, die alten Herren!

Brennecke: Nicht wahr? Ha, ha — mich hätten Sie erst früher kennen sollen! Donnerwetter!

Mizi: Ja, man erzählt sich reizende Geschichten von Ihnen. —

Brennecke: Nicht wahr? Ja damals! Das waren Zeiten! Ich habe zum Beispiel gleich einem ganzen Pensionat zusammen den Hof gemacht.

Mizi: Kann ich mir denken!

Brennecke: Meine Liebesbriefe habe ich überhaupt gleich hektographiert.

Mizi: Aber Brennecke — damals gabs doch noch gar keine Hektographen!

Brennecke: Bin eben noch einer aus der guten, alten Zeit! Aber diese Jungen da von heute. — Keine Schneid mehr in den Kerls! — —

Mizi: (seufzend) Ach ja!

Brennecke: Kein Temperament, kein Galanterie! — Mit einem Wort: „Pfui Teufel!"

Mizi: Aber Brennecke!

Brennecke: Na, nichts für ungut! Aber man ärgert sich eben. Da habe ich nämlich auch so einen zu Hause — so einen Waschlappen — —

Mizi: Was haben Sie zu Hause?

Brennecke: Ach — einen Neffen! Ein verzogenes Muttersöhnchen. Seine Eltern sind gestorben, jetzt soll ich ihn weiter erziehen. Ja, da hat sich was zum erziehen! Ich hab' Ihnen aus den dümmsten Bauernrekruten forsche Kerls gemacht, aber an diesem Pflänzchen da versagt alle Pädagogik!

Mizi: Wohl ein bischen leichtsinnig! Schlägt gern über die Stränge? — · —

Brennecke: Ueber die Stränge schlagen — der? Ich wollte — es wäre so! Weil wir übrigens gerade von dem Bengel sprechen — ich habe nämlich eine Idee! — Sie könnten mir einen Gefallen thun!

Mizi: Ich?

Brennecke: Ihn ein bischen in die Cour nehmen — einen Menschen aus ihm machen! Vielleicht gelingts Ihnen — ich habs aufgegeben!

Mizi: (lacht) Erlauben Sie, ich bin doch kein Kindermädchen! Ist das Ihr Ernst?

Brennecke: Allerdings!

Mizi: Aber — wie soll ich denn?

Brennecke: Wie? Sehr einfach! Die beste Schule für einen jungen Mann ist das Weib.

Mizi: So lassen Sie ihn doch heiraten!

Brennecke: Heiraten! Nein! So hart wollen wir ihn doch nicht strafen!

Mizi: Ja, was soll ich denn?

Brennecke: Verdrehen Sie ihm den Kopf, und dann halten Sie ihn ein bischen zum Besten! Das rüttelt auf — hier — kenne das! — Vielleicht bringt das Leben in den Trottel — Zeit wärs!

Mizi: (lacht) Ich soll also — es ist zu komisch — ich soll also — —

Brennecke: Und wenn Sie Auslagen dabei haben — Sie wissen ja — —

Mizi: (hält ihm den Mund zu) Wollen Sie? — — Nein, die Sache interessiert mich! — Schicken Sie mir ihn einmal her!

Brennecke: Hab' ihn schon da!

Mizi: Wo?

Brennecke: Draußen steht er.

Mizi: Aber — warum sagen Sie denn das nicht? — Herein damit!

Brennecke: (zur Mittelthür hinausrufend) Junge! Sollst 'mal 'reinkommen.

---

6. Szene.

Die Vorigen, Max v. Brennecke.

Max: (tritt schüchtern und linkisch ein, verbeugt sich eckig vor Mizi) Guten Abend!

Brennecke: Da ist er! (für sich) Wie der Kerl wieder dasteht! (zu Max) Fräulein Stahl!

Mizi: (verbindlich) Ein hübscher, junger Mann!

Brennecke: (für sich) Die findet den hübsch! Ich danke! (zu Max) Red' was!

Max: (stotternd) Sie sind auch — sehr hübsch — mein Fräulein!

Mizi: (lacht) Sehr liebenswürdig!

Max: (für sich) Sie lacht auch schon! (zu Brennecke) Das war wohl eine Dummheit?

Brennecke: Na, besonders geistreich war es nicht — aber er wirds schon noch lernen! (zu Max) Ich lasse Dich jetzt allein mit dieser Dame — —

4

Max: (erschrocken) Allein?

Brennecke: Du wirst sie ein bischen unterhalten. (leise) Nimm Dich zusammen! (Will abgehen)

Max: (zupft ihn am Rock) Onkel — —

Brennecke: (leise) Esel! (ins Nebenzimmer ab) Ah, meine Herren!

Mizi: (betrachtet Max eine Zeitlang) Herr von Brennecke, bitte, setzen Sie sich einmal hierher. (Sie setzt sich an das eine Ende des Sofas rechts. Max setzt sich zaghaft und langsam auf den Puff neben der Chaiselongue.) Näher — bitte! (Max setzt sich auf die Chaiselongue.) Noch näher!

Max: (für sich) Jetzt mache ich die Augen zu! (schließt die Augen und kommt mit einem Ruck dicht an Mizi heran)

Mizi: (lächelnd) Pardon, das ist etwas zu nah! (Pause) So, nun wollen wir ein bischen zusammen plaudern, nicht wahr? Von was denn gleich zum Beispiel?

Max: Ich, — ich weiß nicht!

Mizi: Nun, sprechen wir vom Nächstliegenden — von Ihnen. Wie alt sind Sie, lieber Brennecke?

Max: Neunzehn Jahre!

Mizi: Hm — mit Damen sind Sie noch nicht viel verkehrt?

Max: (Immer mit abgewandtem Gesicht) Warum?

Mizi: Weil Sie sich so — so merkwürdig benehmen.

Max: Ach, jetzt habe ich mich wahrscheinlich schon wieder blamiert.

Mizi: Denn, wenn man z. B. mit einer Dame spricht, sieht man sie auch an.

Max: Ach — entschuldigen Sie — aber —

Mizi: Aber?

Max: Das kann ich nicht! Nein — nein, das —

Mizi: Fürchten Sie sich vor mir?

Max: Nein, aber ich bin so schüchtern!

Mizi: Das müssen Sie sich abgewöhnen! Ich bin doch kein Ungeheuer!

Max: (schlägt schüchtern die Augen auf, sieht sie voll an, wendet sich dann rasch ab) Nein!

Mizi: (lacht) Ah — er wird rot! Ich habe noch nie einen Mann erröten sehen.

Max: So?

Mizi: Jawohl!

Max: (sieht sie wieder an) Das ist aber sehr merkwürdig!

Mizi: Sehr! Uebrigens unter uns gesagt, Sie haben ganz hübsche Augen? (Pause) Nun?

Max: Was?

Mizi: Wenn einem eine Dame ein Kompliment macht, bedankt man sich doch!

Max: (kurz) Ich danke!

Mizi: (lachend) Man küßt ihr vielleicht sogar die Hand!

Max: Ich soll? Nein — nein!

Mizi: Sie müssen!

Max: Lieber laufe ich davon (steht auf)

Mizi: Halt! Stillgestanden! Seien Sie ein Mann! Vorwärts! (hält ihm die Hand hin).

Max: Also gut! (Er küßt schüchtern ihre Hand).

Mizi: Noch einmal!

Max: Wenn Sie — Wenn Sie erlauben! (Er küßt die Hand immer wieder).

Mizi: Nun ists aber genug!

Max: Ach, entschuldigen Sie! — —

Mizi: Sagen Sie — aber aufrichtig — haben Sie schon einmal geliebt?

Max: (erschreckt wegrückend) Nie!

Mizi: (lächelnd) Das sagen alle Männer! Aber Ihnen glaubt mans.

Max: Das heißt — ich habe schon geliebt, aber nur so — so zu sagen — theoretisch.

Mizi: Theoretisch? Hm — auf das theoretische in der Liebe gebe ich nicht viel!

Max: Wissen Sie, wenn man so durch die Straßen von Berlin geht, da begegnen einem doch viele Mädchen — hübsche Mädchen! Und wenn ich die so ansehe, da verliebe ich mich oft an einem Tage gleich ein Dutzend Mal.

Mizi: Was Sie nicht sagen!

Max: Und da gehe ich dann weiter und stelle mir vor, ich liebe sie!

Mizi: Wen?

Max: Die Unbekannte! Sie liebt mich wieder! Unserer Vereinigung stehen Hindernisse im Wege. Ich werde sie überwinden. Wir fliehen zusammen auf eine einsame Insel im stillen Ozean, wo außer uns kein Mensch wohnt, höchstens noch einige Tiger, Löwen oder Elefanten.

4*

Mizi: Elefanten auch?

Max: Jawohl! Und ich werde sie schützen, ich werde sie verteidigen gegen — —

Mizi: Die Elefanten?

Max: Jawohl!

Mizi: Und haben Sie noch keine gefunden, die es mit Ihnen riskieren will, da im stillen Ozean, auf der einsamen Insel, bei den Elefanten?

Max: Ach, ich habe ja noch gar keine gefragt!

Mizi: Das wäre allerdings die Hauptsache!

Max: Einem Mädchen eine Liebeserklärung machen? Das bringe ich nicht fertig. Ich würde dabei gerade so einfältig dastehen, wie seiner Zeit in der Schule, wenn ich in der Prüfung nichts wußte.

Mizi: Wir wollen gleich 'mal sehen. Nehmen Sie an, wir hätten jetzt Prüfung.

Max: (rückt ängstlich weg) Aber ich weiß wirklich gar nichts! —

Mizi: Man kann nie wissen, ob man nicht etwas weiß. Also beginnen wir. Nehmen wir einmal an, ich wäre ein Mädchen, das Sie lieben; in Wirklichkeit ist das ja nicht der Fall —

Max: Oh, wie können Sie denken!

Mizi: Hm — Sie betonen das so energisch, daß es fast etwas Beleidigendes — aber das thut nichts! Weiter! Machen Sie mir nun eine Liebeserklärung. Sagen Sie zu mir: „Mein Fräulein, ich liebe Sie, ich bete Sie an!"

Max: (zögernd) Mein — mein Fräulein — ich — ich liebe Sie —

Mizi: Das macht keinen Eindruck! Sie müssen feuriger sprechen.

Max: Mein Fräulein — ich liebe Sie! —

Mizi: Noch feuriger!

Max: (kniet vor ihr nieder) Mein Fräulein, ich liebe Sie —

Mizi: Ich bete Sie an!

Max: (feurig) Ich bete Sie an!

Mizi: Ist gut! Stehen Sie auf! Sie haben Talent, junger Mann, aus Ihnen kann noch etwas werden! Fahren Sie so fort! Uebrigens Ihre Knie sind staubig geworden (Max putzt sich mit dem Taschentuch ab) Gehen wir weiter!

Max: Noch weiter?

Mizi: Haben Sie — außer Ihrer Mutter natürlich — schon einmal ein weibliches Wesen geküßt?

Max: Jawohl, mein Kindermädchen!

Mizi: Wie alt waren Sie damals?

Max: Drei Jahre!

Mizi: Das zählt nicht! Also, Sie werden mich jetzt küssen und zwar hierher (zeigt auf die Wange).

Max: Nein — nein — das kann ich nicht!

Mizi: Bitte, keine Mißverständnisse! Ich bin Ihre Lehrerin, nicht Ihre Geliebte! Sie brauchen sich also nicht zu genieren.

Max: Ja, — — aber — —

Mizi: Und ich werde ganz still halten.

Max: Ja — wenn Sie — so gut sein wollen!

Mizi: (stampft mit dem Fuß) Vorwärts!

Max: Also auf Ihre Verantwortung (küßt sie auf die Wange.)

Mizi: Ist gut! Noch einmal!

Max: Noch einmal?

Mizi: Nun — man küßt sich immer öfter! wenn man verliebt ist. (Max wischt sich den Mund mit dem Taschentuch ab). Aber man wischt sich den Mund nicht ab, wenn man geküßt hat.

Max: Pardon!

Mizi: Also — wirds bald? (Max legt den Arm um sie und küßt sie wiederholt.)

7. Szene.

Die Vorigen, Humplmayer, Bormann, Brennecke.

Brennecke: (von links) Donnerwetter!

Bormann: Donnerwetter!

Humplmayer: (mit einem Sektglas in der Hand) Donnerwetter!

Brennecke: Wo hat denn der Bengel die Courage her?

Mizi: Ich habe ihm Courage gemacht.

Brennecke: Scheint so! Aber hören Sie, Sie behandeln die Sache, wie es scheint, etwas eingeßend.

Mizi: Das muß man, wenn man Stunden giebt.

Humplmayer: Ich möchte auch Stunden haben!

Vormann: Ich auch!

Mizi: Pardon, ich gebe nur — Anfängern Stunden.

---

8. Szene.

Die Vorigen, Schulze.

Schulze: (mit dem nassen Regenschirm in der Hand hereinstürzend) Pardon, ist der Humplmayer noch da?

Humplmayer: Hier!

Brennecke: (geht auf Schulze zu) Mein Herr, Sie werden mir Rechenschaft — —

Schulze: Ach was! Ich habe jetzt keine Zeit! (zu Humplmayer) Da sind Sie ja. Sie — die Tante will nicht schlafen geh'n!

Humplmayer: So?

Schulze: Sie will ausbleiben, bis Sie nach Hause kommen!

Humplmayer: Das hält sie ja gar nicht aus!

Schulze: Sie fängt schon an mißtrauisch zu werden. Seit einer halben Stunde sieht sie mich immer so — so — an — —

Humplmayer: Und redet nichts mehr?

Schulze: Kein Wort!

Humplmayer: Und schnappt nach Luft?

Schulze: Ganz richtig!

Humplmayer: Schlimmes Zeichen! Kenn ich! Und da soll ich nach Hause gehen? Nein!

Schulze: Sie müssen kommen. Es ist höchste Zeit! Eine halbe Stunde will ich sie noch hinhalten, aber dann müssen Sie da sein. Also bestimmt — nicht wahr, sonst giebts ein Unglück (stürzt hinaus).

Humpelmayer: Fahr ab, fader Kerl!

Brennecke: (für sich) Da geht er, der Verführer! Aber er soll mir nicht entkommen! (zu Bormann) Mein Herr, ich darf doch auf Sie rechnen?

Bormann: Bitte!

Brennecke: Ehrenhandel! (Etwas angeheitert) Weiß nicht — habe ich Ihnen schon erzählt, daß meine — daß mich meine Frau betrügt?

Bormann: Betrügt? Ausgezeichnet!

Brennecke: Das ist gar nicht ausgezeichnet! Ich finde das — — —

Bormann: Aber, das ist ja ein famoser Scheidungsgrund. Lassen Sie sich doch sofort scheiden! Hier ist meine Karte, und hier (schreibt) schreibe ich Ihnen meine Adresse darauf. Ich mache Ihnen das sehr billig!

Brennecke: Aber — — —

Bormann: Scheiden, lieber Freund, scheiden, sonst hilft nichts! Kommen Sie morgen zu mir und — — —

Rosa: (eintretend) Fräulein! (flüstert Mizi etwas ins Ohr)

Mizi: Meine Herren! Es ist serviert!

Humplmayer: Jawohl, gehen wir essen! Ich habe schon einen Mordshunger. Bitte! (Er will Mizi den Arm reichen, dieselbe hat sich aber schon an Max und Bormann angehängt).

Mizi: (mit Brennecke, Max, Bormann und Rosa abgehend) Ich habe leider nur zwei Arme.

Humplmayer: (Sieht ihr verdutzt nach) Natürlich, wenn sie blos zwei Arme hat — — —

9. Szene.

Humplmayer, Currita.

Currita: (etwas extravagant gekleidet, braunen Teint, fremdländischen Jargon, raucht eintretend) Guten Morgen!

Humplmayer: (für sich) Guten Morgen? Die ist erst aufgestanden, wie es scheint (zu Currita) Guten Morgen!

Currita: Was wollen Sie hier?

Humplmayer: Was ich — — — ? hm — wahrscheinlich dasselbe, was Sie wollen!

Currita: Wer sind Sie?

Humplmayer: Humplmayer ist mein Name! Aus München!

Currita: Gut! Sennora Currita aus Mexiko!

Humplmayer: Aus Mexiko? Ah — das ist aber schön, daß Sie sich soweit herbemüht haben (gibt ihr die Hand) Au!

Currita: Was ist?

Humplmayer: (seine Finger zählend) Ah — hat die eine Kraft! Ich danke!

Currita: (für sich) Schwächling! (laut) Sie scheinen mich nicht näher zu kennen?

Humplmayer: Nein (leise) Gott sei Dank!

Currita: Waren Sie noch nicht im Wintergarten?

Humplmayer: Erst heute Abend!

Currita: Ich hatte die letzte Nummer!

Humplmayer: Ja, da war ich schon weg! So, so, Sie sind also auch eine solche! — —

Currita: (drohend) Was — solche?

Humplmayer: Ich meine — Variété!

Currita: Ja, merken Sie das jetzt erst?

Humplmayer: Nein, nein! So, so, also auch vom Bau? Wahrscheinlich (singt) tra—la—la—la?

Currita: Nein!

Humplmayer: Oder — —? (tanzt).

Currita: Carramba — nein! Ich hantle!

Humplmayer: Was thun Sie?

Currita: Hanteln!

Humplmayer: Handeln? Mit was handeln Sie denn?

Currita: Ach — Sie — stehen mich nicht ver! Ich hantle mit Gewichten, mit schweren Gewichten — von — von Eis?

Humplmayer: Von Eisen?

Currita: Von Eisen!

Humplmayer: Also eine Athletin!

Curitta: Ich hebe 250 Pfund frei in die Luft hintereinander 15 Mal. Ebenso einen vollständig gedeckten Tisch — sehen Sie — so (sie hebt ein Tischchen, das etwas rückwärts steht, frei hinaus. Der Tisch wird natürlich an einem Draht hochgezogen).

Humplmayer: Donnerwetter! Das ist aber sehr interessant! Freut mich wirklich, Sie kennen gelernt zu haben. Wirklich! (will ihr die Hand geben, zieht sie wieder zurück) Ja so!

Currita: Sie wollen mir — den Hof schneiden —

Humplmayer: Hof machen — heißt 's — —

Currita: Geben Sie sich keine Mühe! Ich hasse die — die Mannsbilder!

Humplmayer: Sehr schmeichelhaft. Wahrscheinlich traurige Erfahrungen? —

Currita: Carajo — nein! Die Männer, ich achte sie ver — sie haben keine Kraft mehr — sie kommen immer mehr hinunter!

Humplmayer: Herunter!

Currita: Sie haben keine — keine Muskeln!

Humplmayer: Erlauben Sie — (hält seinen Arm hin, zieht den Aermel in die Höhe, um die Muskeln zu markieren).

Currita: (fühlt den Arm an) Pah — ein Arm wie ein — wie ein Weiberzimmer!

Humplmayer: Frauenzimmer!

Currita: Frauenzimmer!

Humplmayer: (für sich) Hm! Humplmayer, da hast Du kein Glück. Die achtet Dich ver. (laut) Nun — Sennora — Sie haben mich wirklich verkannt. Von mir haben Sie wirklich nichts zu fürchten.

Currita: Pah — fürchten — Sie! (geht auf ihn los).

Humplmayer: (weicht zurück) Ich interessiere mich — sozusagen — äh — nur geschäftlich für Sie!

Currita: Geschäftlich?

Humplmayer: Ich bin nämlich — selbst Fachmann. Jawohl! Ich baue gegenwärtig in — München ein neues Varieté. Vielleicht ließe sich da ein kleines Engagementerl.

Currita: Hm! Wann eröffnen Sie?

Humplmayer: Oktober!

Currita: November bin ich frei. Gage?

Humplmayer: Wie viel?

Currita: Achthundert!

Humplmayer: Schön!

Currita: Machen wir gleich Kontrakt.

Humplmayer: Ja, das heißt — ich muß Sie doch erst ansehen — im Wintergarten.

Currita: Ich reise morgen Mittag ab. Aber morgen früh. Wo wohnen Sie?

Humplmayer: Im Hôtel — (für sich) Ja — so — Wenn meine Schwester die sehen würde — ich danke! (laut) Ich wohne — äh — ich - - (für sich) halt, da muß der Emil herhalten — ich wohne — Gartenstraße 43 erster Stock! Aufgang durch die — Hintertreppe!

Currita: Gut! Wir halten morgen Probe — bei Ihnen — im Kostüm.

Humplmayer: (reibt sich die Hände) Probe — morgen — bei mir — Kostüm — großartig! Der Emil wird schauen!

Currita: Etwas kann ich Ihnen gleich zeigen! Wie schwer sind Sie?

Humplmayer: 198 Pfund.

Currita: Gut! Gestatten Sie (faßt ihn am Kreuz).

Humplmayer: Hi, hi — Sie, ich bin kitzlich! Was wollen Sie denn?

Currita: Ich werde Sie heben in die Luft. Mit einem Arm! Meine Glanznummer!

Humplmayer: Seien Sie so gut! Ich danke! Ich mag nicht — in die Luft!

Currita: Kommen Sie her! Halten Sie sich hübsch gerade!

Humplmayer: Fällt mir gar nicht ein! (flieht).

Currita: (verfolgt ihn) Aber so machen Sie doch keine dummen Heiten.

Humplmayer: Das heißt die „dumme Heiten!" Hilfe! Hilfe!

---

10. Szene.

Die Vorigen, Mizi, Bormann, Brennecke, Max.

Mizi: (mit den übrigen von links) Was ist? Wo brennts denn?

Humplmayer: Ach, dieses Frauenzimmer — die will mich in der Luft halten!

Mizi: (mit den übrigen) Ach, guten Tag — Curra! Das ist schön!

Humplmayer: Erst reißt sie einem alle zehn Finger aus, wenn man ihr die Hand giebt —

Bormann: Aber der Dame giebt man doch nicht die Hand!

Humplmayer: Das muß einem aber gesagt werden. Da gehört ein Plakat her „Vor Händedrücken wird gewarnt."

Max: (ziemlich keck) ha, ha, ha! — Sehr komisch; — der Herr!

Humplmayer: (zu Bormann) Sie, was hat der gesagt?

Bormann: Es wäre sehr komisch!

Humplmayer: So? Wer ist der junge Herr eigentlich?

Bormann: Das ist der Neffe von dem alten Herrn da (Mizi und Max setzen sich auf das Sofa und plaudern zusammen).

Humplmayer: Und was ist der alte Herr?

Bormann: Major a. D.

Humplmayer: Ah! So, so! Major!

Max: (zu Mizi) Also wirklich? Sie wollten? — —

Mizi: Gewiß, Mägchen, wenn Sie auch wollen — —

Max: (zu Brennecke) Onkel! Die Mizi —

Brennecke: (reibt sich die Hände) Ha, ha, er sagt schon „Mizi" zu ihr — ha — ha —

Max: Sie will Schmollis mit mir trinken — darf ich?

Brennecke: Jetzt frägt der mich, ob er — — (für sich) er ist doch ein Trottel! (Max und Mizi trinken Schmollis).

Humplmayer: (zu Bormann) Und ich sag Ihnen über München — da geht einfach nichts — — —

Bormann: Nun erlauben Sie — Ihr München mag ja eine ganz nette Stadt sein, aber gegen Berlin — — —

Humplmayer: (ahmt ihm nach) Gegen Berlin! Hören Sie mir auf mit Ihrem Berlin!

Bormann: Na — was ist denn in München? Haben Sie ein Reichstagsgebäude, einen Tiergarten, oder die Linden oder — na, was haben Sie denn?

Humplmayer: (beugt sich über den Tisch; stolz) Das Hofbräuhaus! (Pause, für sich) Jetzt ist er still!

Brennecke: (zu Bormann) Ha — ha — der hats Ihnen gesagt — was?

11. Szene.

Die Vorigen, Rosa.

Rosa: (unter der Thüre, zieht hinter sich einen Garderobe=korb her) Fräulein, der Garderobediener vom Wintergarten ist da. Er bringt das Kostüm für Herrn Tompson zurück. Herr Tompson ist aber noch nicht zu Hause. Sollen wir den Korb annehmen?

Mizi: Meinetwegen! (Rosa stellt den Korb ins Zimmer.)

Humplmayer: (schon etwas angetrunken, öffnet den Korb, zieht das Kostüm heraus und betrachtet es während des folgenden) Was ist denn das?

Bormann: Na — Tompson — Sie kennen doch Tompson!

Humplmayer: Ah, das ist der Clown von heute Abend der . . . . (ahmt ihm nach).

Bormann: Famoser Kerl, dieser Tompson — was? Seh'n Sie, so was giebts eben auch nur in Berlin!

Humplmayer: (für sich) Natürlich — so was giebts auch nur in Berlin — er hört nicht auf — (zu Bormann) das haben wir in München auch! Noch viel besser!

Bormann: Na, na!

Humplmayer: München liegt auch wo — verstanden?

Mizi: Aber Humplmayerchen, regen Sie sich doch nicht so auf!

Humplmayer: Ach was! — Da kann ich mich ärgern!

Bormann: Sehen Sie diesen Tompson — —

Humplmayer: Er hört nicht auf mit seinem Tompson!

Bormann: Seine Soloszene heute Abend, der „verliebte Clown" — war doch großartig!

Humplmayer: Das war gar nichts!

Bormann: Nun — man muß allerdings ein gewisses Verständnis für solche Dinge — —

Humplmayer: Was, Verständnis? Ich will Ihnen was sagen. Da machen wir in München in unserem Verein — wir haben nämlich einen Verein „Die Aufdrahrer" —

Brennecke: Was sagen Sie — die Auf--dra--ra--ra?

Humplmayer: Die „Ausdrahrer". Da machen wir noch ganz andere Sachen. Wir spielen sogar Komödie.

Bormann: Sie auch?

Humplmayer: Ich spiele die komischen Väter.

---

12. Szene.

Die Vorigen, Schulze.

Schulze: (auf Humplmayer stürzend) Sie — um Gottes=willen erlösen Sie mich von dieser Tante —. Sie rast!

Humplmayer: Lassen Sie sie rasen!

Schulze: Eine Viertelstunde will sie noch warten; sind Sie dann nicht zu Hause, kommt sie hierher — nachsehen —!

Humplmayer: Was, nachsehen will sie? Ha! (nimmt Hut und Ueberzieher und will davon, die andern halten ihn auf).

Alle anderen: (durcheinander) Wo wollen Sie denn hin, was giebts denn?

Humplmayer: Ich muß fort!

Alle anderen: Halt! Dageblieben! Giebts nicht! Jetzt wirds erst fidel!

Humplmayer: (will wieder fort) Ja, meine Herrschaften, ich habe nämlich eine Schwester — — —

Bormann: Was geht denn uns Ihre Schwester an?

Humplmayer: Wenn ich nicht sofort heimgehe, kommt sie hierher und sie darf mich hier nicht sehen. (Will wieder fort).

Mizi: Halt! Mein Herr — warum darf man Sie hier nicht sehen?

Bormann: Jawohl, mein Herr! Warum?

Humplmayer: Weil — das kann ich Ihnen nicht erklären.

Mizi: Sie werden hier bleiben, mein Herr, wir werden diese Dame hier empfangen.

Bormann: Jawohl, wir werden Ihre Schwester — —

Humplmayer: (wütend) — Ach was — ich wollte, es wäre Ihre Schwester! (zu Mizi) Es geht nicht — es geht nicht -- wenn sie mich hier sieht — — —

Brennecke: Wir werden Sie als Hausknecht verkleiden.

Mizi: Oder als Zimmermädchen (lacht).

Bormann: Sehen Sie, lieber Freund, jetzt können Sie gleich zeigen, ob Sie vom Komödiespielen etwas verstehen?

Humplmayer: (nimmt ihn beim Arm) Ob ich — —?

Bormann: Sie „komischer Vater" — Sie!

Humplmayer: Ob ich vom Komödiespielen — —? (pfeift) Eine Idee! (geht auf den Kostümkorb zu und öffnet ihn) Mizi! Kann ich etwas Schminke und Puder haben?

Mizi: Dort in meinem Schlafzimmer!

Humplmayer: Im — Schlafzimmer? Ausgezeichnet!

Mizi: Auf dem Nachtkästchen!

Humplmayer: Auf dem — —? Brillant! (nach rechts mit dem Korb abgehend) Mizi, Sie pumpen mir wohl dieses Schlafzimmer eine Viertelstunde.

Mizi: Bitte! Bleiben Sie?

Humplmayer: Jawohl!

Alle: Bravo!

Schulze: Ja, was ist denn nun?

Humplmayer: Grüßen Sie mir die Tante.

Schulze: Wenn sie aber kommt?

Humplmayer: (pathetisch) Laßt sie kommen! Wir fürchten sie nicht! (rechts ab, Schulze durch die Mitte ab).

Bormann: (für sich, reibt sich die Hände) Das wird ja großartig! Die Schwester kommt und damit die ganze Familie hier ist (laut) — — Mizi, kann ich 'mal ein bischen telefonieren?

Mizi: Telefonieren? An wen denn?

Bormann: Geheimnis!

Mizi: Bitte, wir wollen nicht stören! Kommen Sie, meine Herren! (sie geht mit den Herren singend ab. Nur Bormann bleibt. Man hört aus dem Nebenzimmer während der nächsten Szene Gläserklingen, Gelächter, Musik und Gesang: „Ja beim Souper, erlebt man tolle Sachen 2c.)

Bormann: sieht sich vorsichtig um, geht dann ans Telefon links, telefoniert halblaut.) Bitte — Telegrafenamt — Telegrafenamt da? Bitte — Stadttelegramm. Frau Therese Humplmayer! Leipzigerstr. dreiundvierzig — zwei! Wenn Sie sehen wollen, wie sich Ihr Mann außer dem Hause aufführt dann kommen Sie sofort Hôtel Central — Zimmer Nr. 65

Aber sofort! Rechtsanwalt Bormann. Bormann — ja — Be—o—er—mann! Ja! Sofort zu befördern! Schluß (reibt sich die Hände) So — dem Humplmayer wollen wir ein= mal einheizen!

---

13. Szene.

Bormann, Rosa, später Elise.

Rosa: (durch die Mitte) Herr Doktor, eine Dame ist da und wünscht Sie zu sprechen.

Bormann: Eine Dame? Jung — alt?

Rosa: Mon siehts nicht, sie ist verschleiert!

Bormann: Wer mag denn das sein? (Elise tritt ein) Da ist sie schon! (Rosa nach links ab).

Elise: Sind Sie allein?

Bormann: Jawohl! (Elise entschleiert sich) Alle Wetter! (für sich) Meine Trambahnbekanntschaft! (er zieht die Portieren an den Thüren links vor) Aber das ist ja reizend! (er will sie bei der Hand nehmen)

Elise: (tritt zurück) Halt — keinen Schritt weiter! — Sie täuschen sich! Ich habe diesen Schritt nur gewagt, um einer Katastrophe vorzubeugen.

Bormann: Katastrophe?

Elise: Mit meinem Mann!

Bormann: Sie haben einen Mann?

Elise: Das wußten Sie nicht?

Bormann: Woher denn? Ansehen thut mans Ihnen nicht und sonst — — gewiß ein rechter Tyrann, nicht wahr?

Elise: Eben nicht! Im Gegenteil — er ist sehr harm= los! Er ist von einer Gleichgültigkeit gegen seine Frau, die geradezu — empörend ist!

Bormann: Aha — (für sich) eine verkannte Seele!

Elise: Er behandelt mich förmlich als Luft, und das braucht man sich doch nicht gefallen zu lassen!

Bormann: Sie wollten sich also revanchieren?

Elise: Nein! Ich wollte ihn nur ein bischen eifer= süchtig machen.

Elise: Jawohl — auf Sie!

Bormann: (steht auf) Ah!

Elise! Ich habe ihm einen Ihrer Poste Restante Briefe finden lassen.

Bormann: Und der Effekt?

Elise: War nur zu effektvoll! Mein Mann raste, er wollte den Namen — Ihren Namen wissen. Ich verschwieg ihn natürlich nnd eilte zu Ihnen, um Sie zu warnen.

Bormann: Zu mir?

Elise: Heute Vormittag!

Bormann: Ah! und ich war nicht zu Hause!

Elise: Gott sei Dank! Aber mein Mann ist wütend auf Sie! — Er will sich mit Ihnen duellieren!

Bormann: Erlauben Sie, ich kenne Ihren Mann gar nicht!

Elise: Er sagte mir doch — er hätte schon ein Rencontre mit dem „Kerl" — so sagte er nämlich — gehabt.

Bormann: Da muß er einen anderen erwischt haben.

Elise: Das verstehe ich nicht!

Brennecke: (im Nebenzimmer, wo während der letzten Szene Walzer gespielt wurde) Prost Mizi!

Alle: (im Nebenzimmer) Prost, prost!

Elise: (für sich) Diese Stimme! Ah, das ist ja unmöglich (laut) Wer ist denn hier in diesem Zimmer?

Bormann: Freunde von mir! Eine sehr fidele Gesellschaft!

Elise: (nimmt die Portiere in die Hand) Darf ich?

Bormann: Nur zu! (man hört wieder Walzer spielen und singen).

Elise: (sieht vorsichtig zwischen den Portieren hinein, fährt zurück) Ah, empörend! (man hört schlürfende Schritte, wie wenn getanzt wird). Ist das wirklich mein —? Ich traue meinen Augen nicht: Er tanzt — er kann tanzen! Und zu Hause — — ah! Dir werde ich das Podagra austreiben!

Bormann: Lustige Brüder das! — Was?

Elise: (fährt zurück) Man kommt! — Schnell fort! — Ich will hier nicht gesehen werden.

Bormann: Aber — was haben Sie denn? Erklären Sie mir doch — —

Elise: Jetzt nicht — morgen! Ich werde Sie auf Ihrem Bureau aufsuchen!

Bormann: Wird mich sehr freuen.

Elise: (für sich) Daß der nicht wieder eifersüchtig wird, dafür ist gesorgt! (ab).

---

14. Szene.

Bormann, Mizi, Max.

Mizi: (sieht durch die Portiere) Sind Sie fertig?

Bormann: Ja!

Mizi: (Arm in Arm mit Max) Max, Sie müssen besser tanzen lernen. Ich werde Sie es lehren — ist 's recht?

Bormann: Mir auch, Mizi!

Mizi: (anzüglich) Sie — glaube ich — können schon — tanzen! Vielleicht nur zu gut!

---

15. Szene.

Die Vorigen, Rosa, später Veronika.

Rosa: (durch die Mitte) Fräulein, eine Dame — —

Mizi: Eine Bekannte?

Rosa: Nein!

Mizi: Wir sind nicht zu sprechen!

Rosa: Sie läßt sich nicht abweisen. Da ist sie schon!

Veronika: (ist wütend eingetreten) Entschuldigen Sie!

Mizi: (für sich) Das scheint die Tante zu sein! Einen Augenblick, meine Herren! (Bormann und Max ab).

Bormann: (abgehend zu Max) Das müssen wir uns mit ansehen! Das wird fidel!

Veronika: Ich störe Sie?

Mizi: Hm — ich habe Gesellschaft! — —

Veronika: (bissig) Herrengesellschaft?

Mizi: Jawohl!

Veronika: Natürlich!

Mizi: Ich wüßte nicht, was dabei „natürlich" sein soll!

Veronika: Bitte! bitte! Ich habe nämlich einen Bruder!

Mizi: Schön — und?

Veronika: Ich vermute, daß dieser Bruder sich in dieser Herrengesellschaft befindet.

Mizi: Und wenn dem so wäre?

Veronika: Was? Dahinter scheinen Sie gar nichts zu finden? — —

Mizi: Nun, das hier ist doch keine Verbrecherkneipe!

Veronika: Eine Verbrecherkneipe wäre noch nicht das Schlimmste!

Mizi: Ah!

Veronika: Pardon! Aber, Sie kennen meinen Bruder nicht! Man muß ihn überwachen auf Schritt und Tritt, sonst macht er Dummheiten! Gut — ich, seine Schwester, werde ihn überwachen. —

Mizi: Haben Sie sonst nichts zu thun?

Veronika: Nein! Und gerade hier in diesem Berlin braucht er strenge Ueberwachung, denn in diesem Berlin soll es Damen geben — Damen sage ich Ihnen! — — —

Mizi: Nun, die wird es anderswo auch geben!

Veronika: Jawohl, aber — —

Mizi: Wie heißt denn Ihr Bruder?

Veronika: Ach so! Humplmayer!

Mizi: Und wie kommen Sie auf die Vermutung, daß er hier ist?

Veronika: Vermutung? Ich weiß es gewiß!

Mizi: So?

Veronika: (zieht eine Karte aus der Tasche) Kennen Sie diese Karte?

Mizi: Meine Karte!

Veronika: Also! Sie werden sich vielleicht erinnern, welchem Herrn Sie diese Karte gegeben haben?

Mizi: O, ich gebe sehr vielen Herren meine Karte!

Veronika: Scheint so! Wissen Sie, wo ich das gefunden habe?

Mizi: Nun?

Veronika: In der Rocktasche meines Bruders. Also?

Mizi: Was geht mich denn die Rocktasche Ihres Bruders an?

Veronika: Also — der Humplmayer ist hier und Sie werden mir ihn ausliefern!

Mizi: So suchen Sie ihn doch, wenn er hier ist!

Veronika: Ich werde ihn finden!

Mizi: Suchen Sie ihn nur!

Veronika: Gestatten Sie?

Mizi: Bitte!

Veronika: (geht links zur Thüre, sieht hinein) Hm — da scheint es ja recht fidel zu sein. Aber er ist nicht dabei! Vielleicht hat er sich versteckt! (sieht unter dem Tische nach) Oder — (sieht die Thüre rechts) Was ist das hier, wenn man fragen darf?

Mizi: Mein Schlafzimmer!

Veronika: Schlafzimmer? Sehr gut! Gestatten Sie?

Mizi: Bitte!

Veronika: (hebt die Portiere auf) Ah!

---

16. Szene.

Die Vorigen, Humplmayer.

Humplmayer: (als Variétéclown gekleidet, weite Pierrothose, kurzen Frack, kleinen Zylinder, große lange Pappnase 2c., absolut unkenntlich. Er tanzt heraus, singt den Yankee Doodle und schlägt mit den Füßen, an denen er große Schuhe trägt, den Takt dazu):

Yankee doodle went to town
Riding on a ponny
Stake a feather on the hat
And called it Macaroni.

Veronika: Um Gotteswillen — wer ist denn das?

Mizi: (lachend) Mein Freund Tompson aus dem Wintergarten. Er hat gerade Probe.

Veronika: In Ihrem Schlafzimmer? (sieht ihn an) Nein, ist der häßlich?

Mizi: Das macht nur die Maske — in Wirklichkeit ist er ein sehr hübscher junger Mann.

Veronika: So? Dann kann er sich aber gut verstellen!

Mizi: Mister Tompson, gestatten Sie! (vorstellend) Fräulein — — —

Veronika: Frau! Bitte! Frau Hassel!

Humplmayer: (im englischen Accent) Ah, Sie sind verheiratet?

Veronika: Gewesen?

Humplmayer: Also geschieden?

Veronika: Nein — verwitwet.

Humplmayer: Oh, sehr gut! Ich freue mich sehr! Ich mache sehr gern die Bekanntschaft von jungen Damen!

Veronika: (geschmeichelt) Oh, ich bin nicht mehr ganz jung!

Humplmayer: Aber! Sie müssen einmal sehr jung gewesen sein!

Veronika: (leise) Unverschämt (zu Mizi) Nun — es scheint doch nicht, daß ich meinen Bruder hier finde.

Mizi: O, suchen Sie ungeniert weiter!

Veronika: Nein — ich danke. Ich will doch lieber — — entschuldigen Sie! Guten Tag!

Humplmayer: Morning!

Veronika: (will gehen, sieht den Ueberzieher und Hut Humplmayers am Kleiderständer hängen) Ha!

Mizi: Was ist?

Veronika: Oh nichts! (leise) Da hängt ja sein Hut und Ueberzieher. Er ist also doch da! Ah, na warte Freundchen, wir kriegen Dich schon! (zu Humplmayer) Noch eine Frage, Herr — Herr

Humplmayer: Tompson!

Veronika: Herr Tompson! Kennen Sie nicht einen gewissen Humplmayer?

Humplmayer: Ist er auch von der Variété? So — (springt) hoppla!

Veronika: Nein!

Humplmayer: Dann kenn ich ihn nicht! No!

Veronika: Er ist aus München!

Humplmayer: München? Kenn ich auch nicht!

Mizi: Mister Tompson ist ganz fremd in Deutschland!

Veronika: (geht auf Humplmayer zu und sieht ihn scharf an. Für sich) Nein — diese Aehnlichkeit! So, Sie sind also ganz fremd in Deutschland?

Humplmayer: Yes, aber ich werden schon kennen lernen. Ich habe Kontrakte of all die deutschen Variétés.

Und ich werde reisen von Stadt zu Stadt und überall werden ich tanzen und springen und singen - - so: (springt umher, legt die Hand aufs Herz)

„My little little pussycat
Come along with me!"

Veronika: (für sich) Nein, diese Aehnlichkeit (laut) Sie gestatten! (sie greift schnell nach der Pappnase Humplmayers und hebt dieselbe etwas in die Höhe) Ah!

Mizi: Was ist?

Veronika: Oh nichts! (für sich) Na warte Brüderchen! (laut) Pardon, Herr — — —!

Humplmayer: Tompson!

Veronika: So! Tompson? Heißen Sie wirklich Tompson?

Humplmayer: Yes!

Veronika: Und Sie kennen den gewissen Humplmayer wirklich nicht?

Humplmayer: (münchnerisch) Na! (verbessert sich) No!

Veronika: (geht auf ihn zu) Herrr — ich wollte — ich könnte — ich möchte — (ringt nach Luft.)

Mizi: Was möchten Sie denn?

Humplmayer: Die Lady ist etwas aufgeregt!

Veronika: Sie bleiben natürlich noch länger hier?

Humplmayer: (laut) Yes!

Veronika: (für sich) So, dann ists gut! Jetzt sitzt er in der Falle! Wenn ich nur einen Zeugen - — — halt, seine Tochter! Ich habs — seine Tochter! Das arme Kind soll sehen, was es für einen Vater hat! (will ab.)

Humplmayer: Sie wollen schon fort?

Veronika: (freundlich) Ja — ich muß den — Humplmayer suchen.

Humplmayer: Gut — hoffentlich werden Sie ihn finden!

Veronika: Oh, ich werde ihn sicher finden — ganz sicher! Recht guten Morgen, meine Herrschaften!

Humplmayer: Morning! Kommen Sie wieder, wenn Sie was brauchen (tanzt hinter der abgehenden Veronika drein und singt das: „Tararaboomdiaye", wirft sich dann in einen Stuhl und lacht.)

———

17. Szene.

Die Vorigen, Bormann, Brennecke, Max.

Bormann: (mit Brennecke und Max von links, von wo sie die ganze Szene mit angesehen haben. Alle lachen) Bravo — großartig — ha, ha, ha!

Mizi: Humplmayerchen — — dafür bekommen Sie einen Kuß!

Humplmayer: (hält ihr das Gesicht hin) Her damit!

Mizi: Wenn Sie erst abgeschminkt sind!

Humplmayer: Gut! Aber schreiben Sie sichs auf, damit Sies nicht vergessen!

Brennecke: Was sind Sie?

Humplmayer: Baumeister!

Brennecke: Verfehlter Beruf! Sie hätten Klown werden sollen!

Humplmayer: Ja, meine Kameraden sagens auch immer! Dieser Humplmayer, sagen sie — ein schlechter Baumeister, aber ein Mordshallodri!

Max: Ein Hall — Hallodri? Was ist das?

Humplmayer: Sie sind keiner!

---

18. Szene.

Die Vorigen, Rosa, später Therese.

Rosa: (durch die Mitte) Eine Dame wünscht Herrn Dr. Bormann! — —

Bormann: (für sich) Die Humplmayerin! (laut) Ach, darf ich einen Moment bitten, zu verschwinden?

Mizi: (zu den übrigen) Sollen wir? Wer dafür ist, der hebe die rechte Hand empor! (alle heben die Hände hoch) Einstimmig angenommen! Gut! (alle ab, bis auf Bormann und Rosa.)

Bormann: Führen Sie die Dame herein (Rosa ab. Zu Therese, die durch die Mitte kommt) Verzeihen Sie, daß ich so spät noch — — —

Therese: Ich wollte auch nicht kommen, aber Ihr Telegramm — — —.

Bormann: Es war gut, daß Sie kamen —

Therese: Was soll ich denn?

Bormann: Nichts, gar nichts! Sie sollen nur in dieses Zimmer hier eintreten (führt sie nach der Thür rechts). und warten. Ich bin nämlich eben in Ihrer Prozeßsache beschäftigt.

Therese: Wieso?

Bormann: Sie werden schon sehen!

Therese: Das ist aber merkwürdig!

Bormann: Oh warten Sie nur, es wird noch viel merkwürdiger (Therese rechts ab. Bormann geht nach links und ruft in das Zimmer) Die Luft ist rein!

---

19. Szene.

Bormann, die Uebrigen.

Humplmayer: Kinder — es ist doch kreuzfidel bei euch). Mizi, wann bekomm' ich denn meinen Kuß?

Mizi: Weil Sie so ein lieber Kerl sind, sollen Sie ihn gleich haben trotz der Schminke. Wollen Sie?

Humplmayer: Bitte, genieren Sie sich gar nicht! (küßt sie) Man hört aus dem Nebenzimmer rechts einen halblauten Aufschrei.

Mizi: Haben Sie gehört?

Humplmayer: Vielleicht eine Katze.

Bormann: Humplmayer, Sie sind ein famoser Junge! Wollen uns wieder vertragen — was? Sollen leben — hoch!

Alle: Hoch!

Bormann: Und München soll auch leben — hoch!

Alle: Hoch!

Humplmayer: Sie sind ein lieber Kerl, Bormann! (umarmt ihn — zu Brennecke) Sie sind auch ein lieber Kerl!

(umarmt ihn — zu Mizi) und Sie auch, Mizi! (umarmt sie) Ueberhaupt, Ihr seid alle liebe Kerls! Wißt Ihr was? Berlin soll leben — hoch!

Alle: Hoch:

Humplmayer: Und die Berliner auch — hoch!

Alle: Hoch!

20. Szene.

Die Vorigen, Fritz.

Fritz: (durch die Mitte) Pardon — wenn ich störe — aber die Polizei ist da!

Alle: Was — die Polizei? Was will denn die?

Fritz: Sie sagt, die Herrschaften möchten nicht so viel Lärm machen. Es ist sehr spät — die Wohnung liegt parterre — das Fenster hier geht auf die Straße, die Nachbarschaft kann nicht schlafen — —

Humplmayer: (angetrunken) Braucht sie auch nicht! Ein anständiger Mensch schläft nicht um diese Zeit, der amüsiert sich —

Fritz: Aber — —

Humplmayer: R'raus!

Alle: R'raus (werfen den Kellner hinaus)

Humplmayer: Das wäre das rechte! Die Polizei! Meine Herren — wir sind freie Bürger und — wir brauchen keine Polizei!

Alle: Bravo!

Humplmayer: Wir sind nicht wegen der Polizei da —

Alle: Nein! Bravo!

Humplmayer: Die Polizei ist wegen uns da!

Alle: Sehr richtig! Hurra! Hoch Humplmayer! Hoch!

21. Szene.

Die Vorigen, ein Polizist.

Polizist: Meine Herrschaften, der Spektakel hier muß unbedingt aufhören! Wer bewohnt dieses Zimmer?

Mizi: Ich!

Humplmayer: Aha — hupp — das Auge des Gesetzes.

Polizist: Ihr Name? Ich muß Sie notieren. (Zieht sein Notizbuch heraus und schreibt).

Humplmayer: (wankend zu Brennecke) Sie — hupp! Sind das zwei Polizisten oder nur einer?

Brennecke: Einer!

Humplmayer: So — hupp! Na — mit einem werd' ich fertig (zum Polizisten) Sie, da wird gar nichts notiert, verstanden? Schauen Sie sich die Leute zuerst an! Den Spektakel habe ich gemacht — und nicht diese Dame!

Polizist: Das geht mich gar nichts an!

Humplmayer: Aber mich!

Polizist: Schweigen Sie!

Currita: Soll ich ihn niederboxen?

Humplmayer: Nein — lassen Sie ihn leben! (zum Polizisten) Schweigen soll ich? Hupp! Oho — das Reden laß ich mir nicht verbieten! Dafür zahl' ich meine Steuern. Verstanden, Sie! — hupp! Sie, Latierl — Sie!

Polizist: Was haben Sie da gesagt?

Humplmayer: Latierl!

Polizist: Was heißt das?

Humplmayer: In Berlin sagt man „Fatzke".

Polizist: (zu Humplmayer) Ich werde Sie melden wegen Beamtenbeleidigung.

Humplmayer: Was wollen Sie? Melden wollen Sie mich! Ich lasse mich nicht melden! Hupp!

Polizist: Sie heißen?

Humplmayer: Das geht Sie gar nichts an!

Polizist: (legt ihm die Hand auf die Schulter) Sie werden mit mir auf die nächste Polizeistation gehen!

Humplmayer: Fällt mir gar nicht ein!

Polizist: Sie sind verhaftet!

Humplmayer: Was? Hupp! Da gehören zwei dazu. (Er stürzt nach dem Nebenzimmer links, der Schutzmann will ihm nach, fällt. Alle anderen über den Schutzmann hinweg hinter Humplmayer her. Durch die Mitte kommen Kellner und Küchenpersonal, die den anderen folgen.)

Polizist: (rafft sich auf) Halt! Dageblieben! (ebenfalls nach links vorne ab. Humplmayer erscheint links hinten, nimmt Ueberzieher und Hut und will durch die Mitte ab. Es erscheinen Schulze, Veronika und Paula. Humplmayer stößt einen Schrei aus, reißt Schulze den Schirm aus der Hand und spannt ihn vor Veronika auf. Er eilt nach der Thüre rechts. Therese tritt hervor.)

Humplmayer: Ah! Da ist ja die ganze Familie bei einander (er schlägt einen Purzelbaum über die Chaiselongue, eilt nach dem Parterrefenster hinten und springt durch dasselbe auf die Straße. Während der ganzen Szene Musik.)

Vorhang!

III. Aufzug.

Dieselbe Dekoration wie im I. Aufzug. Beim Aufgehen des Vorhanges ertönt ein paar Mal nach einander die elektrische Klingel der Thüre.

---

1. Szene.

Bormann, später Humplmayer.

Bormann: (von rechts aus dem Schlafzimmer im Nachtkleid, das aber sehr elegant und dezent sein muß) Was ist denn das für ein Gebimmel? Ja, ja, schon recht! (sieht auf die Pendule) Acht Uhr! Ah, das wird Roesike sein! (zieht an dem Thüraufzug der Mittelthüre und sperrt die Hausthüre auf, die er dann wieder zuschlägt). So, damit hätten wir für heute genug gearbeitet; — nun wollen wir wieder schlafen gehen. (Gähnend) War wieder eine schwere Sitzung das — heute Nacht (ab nach rechts.)

Humplmayer: (tritt nach einer kleinen Pause durch die Mitte auf. Er ist noch immer im Kostüm, hat aber jetzt den Ueberzieher darüber und den Hut auf. Er ist in hochgradiger Katerstimmung, gähnt) Hupp! (mit überschnappender Stimme, nachdem er eine Zeit lang stupid das Zimmer betrachtet) Schulze! Schulze (Pause) Schläft noch! (wankt im Zimmer herum, zieht den Ueberzieher aus und summt den Koupletrefrain: „Denn beim Souper" 2c. stößt an den Tisch an) Pardon! (sieht die Apollostatuette) Prost Mizi! (küßt die Statuette) Mizi, du schmeckst nach Gyps! (Pause) Schlafen möcht ich! Wo ist denn das Schlafzimmer? (er tastet die Wand rechts entlang, stößt an den Kleiderkasten) Aha, hier! (er steigt in den Kleiderkasten hinein, kommt aber gleich wieder heraus) Nichts wars (er kommt zur Tapetenthüre rechts.) Aha! jetzt haben wirs (geht hinaus. Man hört ein Geräusch, als ob jemand die Treppe hinunterfiele. Pause! Humplmayer erscheint wieder und greift stöhnend nach dem Fuße, den er sich bei dem Sturze verstaucht hat.) Das war der — Notausgang!

Bormann: (im Nebenzimmer) Roesike! Roesike!

Humplmayer: Das ist ja gar nicht der Schulze! (versteckt sich hinter die Chaiselongue).

Bormann: (wie vorher) Mir wars doch, als ob da etwas umgefallen wäre! (sieht sich um) Habe ich mich doch getäuscht! Ja, ja, so ein Kuter! (Ab rechts).

Humplmayer: (steht auf, wankt zum Schlafzimmer, sieht hinein, geht zur Rampe vor, verdutzt) Da liegt ein fremder Kerl im Bett. Wie kommt denn jetzt der da hinein? Hupp! Wart Lump! (sperrt die Schlafzimmerthür zu) So, der ist besorgt und aufgehoben. (Man hört von draußen einen Schlüssel anstecken) Halt, da kommt schon wieder jemand!

2. Szene.

Humplmayer, Roesike.

Roesike: (durch die Mitte) Die Thüre schon auf? Sollte der Herr Doktor — — (sieht auf die Pendule) Schon halb neun? Da habe ich mich schön verspätet! (Humplmayer hat sich bei seinem Eintreten unter dem Tische rechts verkrochen) Nun aber an die Arbeit! (Oeffnet die Schreibtischschublade, zieht einige Akten heraus; ab nach links).

Humplmayer: (der alles staunend beobachtet) Ah, ah, ah! Das ist einmal eine Räuberbande, eine miserable! Die thun, als ob sie hier zuhause wären! Euch werden wir das Einbrechen abgewöhnen — Ihr Gauner! (sperrt auch die Thür links zu) So — der Schulze — wird schauen, wenn er heimkommt. (Wird allmählich etwas nüchterner) Jetzt hole ich einen Gendarm. (Geht zur Thür, sieht auf sein Klownkostüm, besinnt sich) Ja so, — wenn ich so auf die Straße gehe, dann — dann werd' ich selbst arretiert! Und das Kopfweh — schrecklich! (sieht den Waschtisch) Halt, da ist ja Wasser! (wäscht sich das Gesicht) Das thut gut — ah! (sieht wieder auf sein Kostüm) Wenn ich nur andere Kleider hätte! (sieht den Schrank) hm — da drin glaube ich! — (öffnet den Schrank, zieht einen Anzug heraus) Hat ihm schon! — hat ihm schon! (während er sich umkleiden will, hört man draußen die Stimme Veronikas) Teufel! Die Stimme kenne ich! Die Veronika! Ist die schon wieder da! (er verkriecht sich in den Schrank und macht die Thüre hinter sich zu).

3. Szene.

Veronika, Paula.

***

Veronika: (zieht Paula, die nicht mitkommen will, mit Gewalt ins Zimmer) Nur hinein da! Keine Angst — ich bin ja bei Dir! Die Sache muß unbedingt klargelegt werden.

Paula: Aber Tante!

Veronika: Niemand da?

Paula: Es scheint nicht! Gehen wir lieber wieder.

Veronika: Dageblieben! Du sollst dabei sein, wenn ich diesem sogenannten Herrn Dr. Schulze meine unmaßgebliche Meinung ins Gesicht sage! Du wirst Dich doch vor keinem Manne fürchten?

Paula: (stampft mit dem Fuße) Ich will ihn nicht sehen!

Veronika: Ich habe mich nie vor einem Manne gefürchtet. Im Gegenteil — mir sind sie alle aus dem Wege gegangen, sogar mein eigener — der selige Revisor! (sie geht zur Thür rechts, versucht sie zu öffnen) Verschlossen! (dasselbe an der Thüre links) Auch verschlossen! Gut, warten wir! (setzen sich) Also, man hat ein Techtel—Mechtel und die Tante, die eigene Tante, die sozusagen Mutterstelle an einem vertritt, weiß gar nichts davon! Schöne Geschichten, das!

Paula: Ich liebe ihn nicht mehr! Ich hasse ihn — ich verachte ihn!

Veronika: Aber gestern hast Du ihn doch geliebt?

Paula: Ja, gestern! — — —

Veronika: Dann liebst Du ihn auch heute noch! — Das kennt man!

Paula: Nein! nein! nein! Er hat mich belogen; er ist ein Elender!

Veronika: Das sind sie alle! Er hat mir die Geschichte übrigens gestern Abend angedeutet und mich um meine Vermittlung gebeten — — —

Paula: (freudig) Wirklich?

Veronika: Ich habe gedacht — Du liebst ihn nicht mehr? Er sprach mir von Mißverständnissen, — nun, wollen sehen! Schade, so ein netter Mensch sonst —

Paula: (seufzend) Leider!

Veronika: Hoffentlich erfahren wir hier auch, wo Dein — wo dieser Humplmayer steckt! — Oh, wenn ich daran denke!

Paula: Vielleicht, wenn wir bei der Polizei anfragen —

Veronika: Polizei? Ich habe mein Lebtag mit der Polizei nichts zu thun gehabt!

Paula: Wenn ihm nur nichts zugestoßen ist.

Veronika: Dem — etwas zustoßen? Dafür kennt sich der in Berlin viel zu gut aus.

---

4. Szene.

Die Vorigen, Therese.

Therese: (tritt schnell ins Zimmer) Ah!

Paula: (nachdem sich die drei eine Zeit lang überrascht betrachten, stürzt auf sie los, umarmt, küßt sie) Mama, liebe Mama!

Veronika: Jetzt, — das muß ich sagen — —

Paula: Du hier in Berlin?

Therese: Das weißt Du gar nicht?

Paula: Ach, Tante und Papa haben mir immer erzählt, Du seiest im Bad.

Therese: Im Bad?

Paula: Man dürfe Dir nicht schreiben, Du wärest krank! —

Therese: (die von Veronika keine Notiz nimmt) Wie rücksichtsvoll!

Veronika: Du, lieber Gott, man kann doch dem Kind nicht sagen, daß seine Mama durchgebrannt ist — nach Berlin!

Therese: Paula!

Paula: Mama!

Therese: Sage dieser — dieser Dame hier, daß sie mich nicht beleidigen kann!

Veronika: Hübsche Gegend — dieses Berlin! Besonders für eine alleinstehende Dame!

Therese: Was ist denn mit Dir, mein Kind? Du hast ja geweint?

Paula: Ach Mama — es ist — es ist schon wieder vorbei! Aber — — wie kommt es, daß wir uns gerade hier so glücklich treffen?

Therese: Ich warte auf den Doktor Bormann.

Paula: Bormann? Hier wohnt kein Bormann!

Therese: Nicht?

Veronika: Das weiß sie jedenfalls besser wie wir. Komödie!

Therese: Paula!

Paula: Mama!

Therese: Sage dieser Dame, daß sie für mich nicht existiert.

Veronika: Der Doktor, der hier wohnt, heißt nämlich Schulze. Ein hübscher, junger Mann (anzüglich) Ein sehr hübscher, junger Mann!

Paula: (zu Veronika) Tante, bitte, bitte, gehen Sie jetzt!

Veronika: Gehen? Nicht um eine Million! (für sich) Ich muß doch sehen, was die hier will!

Therese: Und nun sag' mir endlich, wie kommst Du denn nach Berlin?

Paula: Ich bin gestern mit Papa angekommen. Papa ist nämlich auch hier!

Therese: (seufzend) Ach ja — ich weiß! Wo ist er denn jetzt?

Paula: Wir suchen ihn ja eben!

---

5. Szene.

Die Vorigen, Hannemann.

Hannemann: (durch die Mitte, diesmal in Dienstmütze) Herr Doktor Schulze da?

Veronika: Ich weiß nicht!

Hannemann: So, ist gut! Brauchen ihn auch gar nicht! (geht zur Thüre und führt mehrere Dienstmänner im Gänsemarsch herein) So — — nur herein, meine Herrschaften, immer herein! (zu den Dienstmännern) Seid Ihrs alle? (zählt) Eins, zwei, drei, vier, fünf, sechs — stimmt! Dann mal rin ins

Vergnügen! Nun Kinder, nehmt Ihr den ganzen Krims--
Krams hier und befördert ihn hinunter in den Möbelwagen.
Kapiert? Schön! (er nimmt die Akten, die er unterm Arm hat,
liest) Ein polierter Renaissance-Schreibtisch, Nußbaumholz —
(zeigt auf den Schreibtisch) Das ist hier! Also 'mal los! (zwei
Dienstmänner heben den Tisch auf) Sachte anfassen, Jungens, damit die Ecken dran bleiben. Vorwärts! (der Tisch wird hin-
ausgetragen.)

Veronika: Was machen Sie denn hier?

Hannemann: Was ich mache? N'bischen Luft! Jawohl! (zu den zurückgebliebenen Dienstmännern): Da ist ein Bild,
dann der Chromometer hier (auf die Uhr zeigend) 'Raus damit
(die Sachen werden fortgetragen, wie überhaupt allmählich die ganze
Bühne geräumt wird.)

Veronika: Ja, zieht denn der Herr Doktor aus?

Hannemann: Nee — wird ausgezogen!

Therese: Wo kommen denn die Sachen hin?

Hannemann: Wo sie hinkommen. Verkloppt werden
sie! Alles wird verkloppt, jawohl!

Therese: Das ist aber rätselhaft!

Hannemann: Rätselhaft finden Sie das? Na — Sie
haben auch noch keine Pfändung gesehen!

Alle: Pfändung? Pfändung?

Hannemann: Sie können aber ruhig dableiben!

Veronika: Jetzt, da hört sich aber alles auf!

Hannemann: Sie werden nicht mitgepfändet.

Paula: (erregt zu Hannemann) Doktor Schulze?

Hannemann: Stimmt. Richtig bemerkt!

Paula: (setzt sich) Entsetzlich!

Veronika: (bissig) Das ist nämlich Paulas Bräutigam.
Nette Familie!

Paula: Tante!

Hannemann: (zu Veronika) Ihnen ist er wohl auch
etwas schuldig? Wenn Sie mir benötigen — mein Name
ist Hannemann!

Veronika: Nein — Gott sei Dank — mir ist er
nichts schuldig!

Hannemann: Dann seien Sie froh — von dem
kriegen Sie nichts wieder! Das ist ein fauler Kunde!

Veronika: Scheint eine recht bekannte Persönlichkeit
zu sein — dieser Schulze! —

Hannemann: Da können Sie recht haben! Also weiter! Eine Chaiselongue — Plüschüberzug — hier (zu Paula und Therese, die auf der Chaiselongue sitzen) Wollen sich die geehrten Damen nicht anderswo ankrystallisieren? (die Dienstmänner heben die Chaiselongue auf und werfen die Damen herunter.)

Paula: Wie viel beträgt denn die Schuld?

Hannemann: 365 Mk. 70 Pfg. exklusive 24 Mk. Kosten.

Paula: Tante, hast Du? — — —

Hannemann: (zu den Dienstleuten mit der Chaiselongue) Halt! (die Träger bleiben stehen) Wollen die Damen berappen?

Veronika: Ich Geld? Für diesen Herrn da? Nein!

Hannemann: Die Damen wollen nicht berappen? (zu den Trägern) Also dann raus! Immer 'ran — immer feste 'ran, damit ein Geschäft geht! So ist's recht! Da steht auch ein Tisch — fort damit! Das ist ja nicht so wie bei armen Leuten, es ist ja allens da. Hier drei Stühle — die ge(e)rten Damen entschuldigen (man zieht den Damen die Stühle, auf denen sie sitzen, weg.)

Veronika: Erlauben Sie 'mal — —

Hannemann: Dienst, meine Geehrte, alles Dienst!

Paula: Ach Gott! wenn nur Herr Doktor Schulze da wäre! (Weint.)

Hannemann: Nur ruhig, Fräulein! Weinen Sie nicht! Schließen Sie die Wasserleitung — er wird schon kommen! Es giebt ein Wiedersehen! So — Jungens — nun hätten wir noch den Schrank da. Den wollen wir hier nicht so gottverlassen stehen lassen — er langweilt sich sonst. Also bringen wir ihn in Nummer Sicher — 'ran, immer feste 'ran! (die Träger heben den Schrank auf einer Seite in die Höhe; Humplmayer fällt aus dem Schrank heraus. Er hat sein Klownskostüm ausgezogen und einen modernen Anzug, der in dem Schranke hing und ihm zu eng ist, angelegt.)

Alle: (schreien auf.)

---

6. Szene.

Die Vorigen, Humplmayer.

Humplmayer: (erhebt sich langsam mit Galgenhumor) Guten Tag — — Herr — Herr Hauslehrer!

6

Hannemann: (verdutzt) Nanu! Sie wohnen wohl da drinnen chambre garnie?

Humplmayer: Nur vorübergehend!

Hannemann: Thut mir leid — müssen sich jetzt ein anderes Schlafquartier suchen! (zu den Trägern) Vorwärts, Jungens! (sieht Humplmayer genauer an, deutet auf die Gerichtssiegel, die der Anzug trägt) Herr — wie kommen Sie hier in diesen Anzug?

Humplmayer: (gemütlich) Schöner Anzug — was? Kammgarn!

Hannemann: Der Anzug ist gepfändet, den werden Sie sofort ablegen!

Humplmayer: Ich?

Hannemann: Wollen Sie gefälligst?

Humplmayer: Hier vor den — vor den Damen?

Hannemann: Quatschen Sie kein Aluminium! Das Gesetz kennt keine Damen!

Humplmayer: Aber ich kann doch nicht im Hemd herumlaufen?

Hannemann: Das können Sie halten, wie Sie wollen! Das ist mir alles schnuppe! In einer Viertelstunde komme ich wieder — dann werden diese Appartements hier (deutet nach rechts) ausgeräumt. Sie werden das Zimmer nicht mit diesem Anzug verlassen — werden dableiben —

Humplmayer: Ich hab' aber keinen andern!

Hannemann: Und diesen Anzug bis dahin ablegen, verstanden? Sonst — — —

Humplmayer: Sonst?

Hannemann: Pfände ich Sie mitsamt dem Anzug (ab) Mahlzeit!

Humplmayer: (nach einer Pause grimmig) Guten Morgen, allerseits!

Veronika: Guten Morgen, Humplmayer!

Humplmayer: (schreit) Bist Du auch schon wieder da?

Veronika: Na, na! Du brauchst mich nicht gleich zu verschlucken! Ich gehe schon! Nein — Sachen erlebt man — Sachen! In diesem Schulze habe sogar ich mich getäuscht! (zu Paula) Komm Kind, gehen wir, hier wirds allmählich etwas sengerich.

Paula: Nein — Mama gehst Du mit?

Therese: Geh nur — mein Kind! Ich fürchte — (mit einem Blick auf Humplmayer) ich bin hier nötiger. (Paula und Veronika ab).

Humplmayer: (nach einer langen Pause) Ich glaube — hm — ich glaube, wir haben uns schon irgendwo einmal gesehen?

Therese: (verächtlich) Hm?

Humplmayer: Befinden steht gut — ja?

Therese: (zuckt die Schulter).

Humplmayer: So? Na, denn (schaut sie an, plötzlich) Adieu! (geht nach rechts für sich) Wenn ich nur hinaus könnte. Aber da — — —! (zeigt seine Strümpfe her. Geht wieder auf Therese zu; sieht sie an, Therese schweigt) Na, dann — adieu. (Geht wieder).

Therese: Herr Humplmayer!

Humplmayer: Aha — spricht schon per Sie mit mir! Jetzt gehts los. Oh — und diese Kopfschmerzen! (zu Therese) Nun?

Therese: Setzen Sie sich!

Humplmayer: (sieht sich um) Wohin denn?

Therese: Ach jo, ich vergaß! Also Herr Humplmayer —

Humplmayer: Herr Humplmayer, Herr Humplmayer! Ich verbitte mir das. Vorläufig sind wir noch nicht geschieden; vorläufig hast Du mich noch mit Du anzureden! Verstanden? Das kann ich nach dem Gesetze verlangen, das ist Deine eheliche Pflicht!

Therese: Von ehelichen Pflichten wollen wir hier lieber nicht reden. Also schön — — — nein, wie Du aussiehst!

Humplmayer: Ja, er ist ein bischen kurz, der Anzug. Und meine Stiefel (zeigt seine Strümpfe, für sich) die stehen bei der Mizi! Oh!

Therese: Ich habe Dich heute Nacht in einer Situation überrascht — — —

Humplmayer: Ach jo — Du meinst bei der Mizi?

Therese: Mizi! Schon dieser Name — — —! Vor allem eine Frage: Wo — wo warst Du — seit wir uns heute Nacht das — das letzte Mal gesehen — da dort — — bei der Mizi?

Humplmayer: In einer Droschke zweiter Güte — bin ich drei Stunden lang im Tiergarten herumgefahren —

und dann hierher — — der Gendarm hat mich nicht erwischt — er hatte Stiefel an — ich nicht — also war ich der schnellere!

Therese: (geht dicht an ihn heran) War das der erste Kuß — den Du dieser Mizi — dieser Mizi — — —.

Humplmayer: Der erste und der letzte! Uebrigens weil wir gerade davon reden, laß die dummen Geschichten sein, komm her, gieb Du mir einen Kuß!

Therese: Ich? Nach allem was vorgefallen?

Humplmayer: Was ist denn vorgefallen? Hab ich vielleicht jemand umgebracht? Und überhaupt, wer hat denn angefangen, ich oder Du? Wer ist denn fort von Mann und Kind und hat sie einsam in der Welt stehen lassen — ich oder Du? Wer — — —

Therese: Du weißt sehr wohl, warum ich — — —

Humplmayer: Ach so — Du meinst wegen der Veronika? Na, mit der habe ich überhaupt noch abzurechnen, die muß mir aus dem Hause — jawohl!

Therese: Dazu hast Du ja gar nicht die Kourage!

Humplmayer: So — das wollen wir sehen! Ich habe Kourage für zehn seit heute Nacht — ich fürchte mich nicht einmal mehr vor der Polizei — nein!

Therese: Nun, da bin ich aber sehr neugierig!

Bormann: (von innen rechts) Roesike, Roesike!

Humplmayer: Ha — (besinnt sich) die zwei eingesperrten Gauner! Auf die zwei habe ich ganz vergessen! Wart — das werden wir gleich haben! (geht ans Telefon, klingelt) Bitte, Polizei-Revier! (Pause) Polizei hier! So? Sie — schicken Sie von der nächsten Polizeistation sofort ein Paar Polizisten her. — Wohin? Ach so! — Hierher! Gartenstraße 43, eine Stiege. Es ist nämlich eingebrochen worden. Jawohl! Ich habe sie eingesperrt. Wie? Zwei sinds — ja! Aber ein Paar handfeste Polizisten, hören Sie! Schluß! (reibt sich die Hände) So, jetzt werden wir die Sache gleich haben!

Bormann: Zum Teufel, wer hat denn hier zugesperrt? Roesike! Roesike!

Humplmayer: (ironisch) Gedulden Sie sich nur einen Augenblick, mein Herr — — — Sie werden gleich abgeholt werden. Also — bitte — — ja?

Bormann: (rüttelt an der Thüre) So machen Sie doch auf!

Humplmayer: (schreit) Verhalten Sie sich ruhig — Sie da drin — sonst schieße ich! (für sich) Ich wüßte gar nicht — mit was!

Bormann: Wird jetzt aufgemacht oder nicht — —

Therese: Aber das ist ja — —

Humplmayer: Wer?

Therese: Dr. Bormann!

Humplmayer: Bormann? Bormann? Wo habe ich den Namen schon gehört?

Therese: Und den hast Du eingesperrt? Der wohnt ja hier!

Humplmayer: (starr) Hm?

Therese: Humplmayer, ich fürchte, Du hast schon wieder eine Dummheit gemacht.

Bormann: (an die Thüre stoßend) Aufgemacht!

Humplmayer: (resigniert) Ich fürchte fast auch! — Drum, diese Stimme kam mir gleich so bekannt vor. (Er sperrt die Thüre rechts auf).

---

7. Szene.

Die Vorigen, Bormann.

Bormann: (von rechts) Aber das ist ja — ah — die Herrschaften kommen wahrscheinlich in Ihrer Prozeßsache. Gut — einen Moment! (nach links) Roesike — wo steckt denn der Mensch?

Roesike: (aus dem Nebenzimmer) Herr Doktor (rüttelt an der Thüre).

Bormann: So kommen Sie doch heraus!

Roesike: (aus dem Nebenzimmer) Kann nicht! Es ist zugesperrt!

Bormann: Zugesperrt? (öffnet).

---

8. Szene.

Die Vorigen, Roesike.

Roesike: Guten Morgen, Herr Doktor! (sieht, daß das Zimmer leer ist) Ah!

Bormann: Wer hat denn mich da eingesperrt? (packt ihn beim Kragen) Und — — (bemerkt, daß das Zimmer leer ist) Roesike! (nach einer Pause) Hier stand doch ein Schreibtisch (zu Humplmayer) Nicht wahr?

Humplmayer: So?

Bormann: Und hier stand ein Sofa?

Humplmayer: (mit einer Handbewegung) Alles fort! Vom Staat abgeholt — jawohl!

Bormann: Und (sieht sich um) Ah! ah! ah! (schüttelt Roesike) Wo sind die Möbel?

Roesike: Weiß nicht! Vor einer halben Stunde waren sie noch da!

Bormann: (zu Humplmayer) Herr, wissen Sie vielleicht, wo die Möbel hingekommen?

Humplmayer: Bedaure! Die sind futsch! Ich sagte Ihnen ja schon, man hat sie geholt.

Bormann: Geholt? Roesike — laufen Sie mal auf die Polizei!

Humplmayer: Polizei! Die kommt schon!

Bormann: Und wer hat sie geholt?

Humplmayer: Der Gerichtsvollzieher!

Bormann: Gerichts — — —

Humplmayer: — vollzieher! Dieser Schulze hatte nämlich Schulden und da kam der Schnellpfänder!

Bormann: (packt ihn beim Rock) Schulze sagen Sie! Oh, mir ahnt etwas furchterliches! Na — dann müssen wir eben dableiben und warten, bis der Schulze kommt. Herkommen wird er ja doch!

Humplmaer: Ist er denn nicht zu Hause?

Bormann: Jedenfalls! Aber, wer weiß denn, wo er wohnt? Der wohnt überall und nirgends.

Humplmayer: Wohnt er denn nicht hier?

Bormann: Das ist meine Wohnung!

Therese: Siehst Du!

Humplmaher: Und die Möbel — — —

Bormann: Waren meine Möbel!

Humplmaher: (Pause) Dann gehört vielleicht auch der Anzug hier — —

Bormann: Lassen Sie sehen! Der gehört mir! Wie kommen Sie — — —?

Humplmaher: Das werde ich Ihnen erklären, wenn der Schulze da ist!

---

9. Szene.

Die Vorigen, Brennecke.

Brennecke: (stürzt herein zu Bormann) Herr, ich habe mit Ihnen zu sprechen.

Bormann: Ich habe jetzt keine Zeit!

Brennecke: Mir egal — Sie werden sich Zeit nehmen.

Bormann: Oho (zu Humplmaher und Therese) Lassen Sie mich allein, gehen Sie!

Humplmaher: (zeigt seine Strümpfe) Kann ja nicht!

Therese: Und ich bleibe bei meinem Mann!

Bormann: Dann gehen Sie so lange hier hinein! (schiebt sie nach rechts ab) Also, was wünschen Sie? — Sie wollen sich scheiden lassen — glaube ich!

Brennecke: Vielleicht! Vorher aber will ich mit Ihnen abrechnen! (fuchtelt ihm mit dem Spazierstocke unter der Nase herum).

Bormann: Mit mir? (schlägt den Stock weg) Stock weg!

Brennecke: Ja — Sie haben meiner Frau — einen Poste—restante—Brief geschrieben!

Bormann: Unsinn! Kenne Ihre Frau gar nicht!

Brennecke: (zieht einen Brief aus der Tasche) Aber diesen Brief hier kennen Sie?

Bormann: (liest) Herr — wie kommen Sie zu dem Brief? Der Brief ist an eine Dame — — —

Brennecke: Und diese Dame ist meine Frau!

Bormann: Ah! Roesike, einen Stuhl!

Roesike: (holt aus dem Nebenzimmer einen Stuhl; Bormann setzt sich) Hier, Herr Doktor!

Brennecke: Leugnen Sie noch?

Bormann: Ich leugne gar nichts mehr!

Brennecke: Ha, ha! Wissen Sie auch, wie ich die Sache herausgebracht habe? Den Brief hier hatte ich schon seit 2 Tagen, aber den Schreiber nicht. Da gaben Sie mir gestern Ihre Karte (zieht eine Karte heraus) Diese hier – und schrieben Ihre Adresse drauf „Gartenstr. 43." Gartenstr. 43? denke ich — das ist ja die Wohnung, wo ich gestern meine Frau ertappt habe — meine Frau war nämlich gestern hier — bei Ihnen — - - —

Bormann: Das ist eine Lüge!

Brennecke: So! (sieht den Sonnenschirm vom I. Akt, der als einziges Requisit noch an der Wand lehnt) Lüge! Ha! ha! sehen Sie, sogar ihr Schirm steht noch da! Na! (fuchtelt ihm mit dem Schirm vor dem Gesicht herum.)

Bormann: (schlägt den Schirm zur Seite) Schirm weg!

Brennecke: Es war allerdings jemand anderes da, als ich sie hier erwischte — Schulze!

Bormann: Natürlich! — Schulze! (fährt auf) Dieser Schulze fängt an mir fürchterlich zu werden!

---

10. Szene.

Die Vorigen, Elise.

Elise: (rasch eintretend) Ah!

Brennecke: (markiert sofort wieder sein Podagra) Ha, schon wieder! So, so! Sieh einmal — das ist jetzt schon das zweite Mal, daß ich meine Frau hier in dieser Wohnung — in Ihrer Wohnung —

Elise: (geht auf ihn zu) Schweig!

Brennecke: Madame, Sie wagen es also trotz alledem — —

Elise: Schweig! — sag' ich Dir! Herr Doktor!

Bormann: Gnädige Frau! — —

Elise: Erklären Sie diesem Herrn hier, daß Sie mir vollständig gleichgültig waren, sind, sein werden!

Bormann: (zu Brennecke) Es ist traurig — aber es ist so! Mein Ehrenwort darauf!

Elise: — — — daß wir uns gestern zum ersten Male eigentlich gesprochen — —

Bormann: Stimmt!

Brennecke: Sie haben es gewagt, meine Frau zu sprechen?

Bormann: Ich war so frei!

Brennecke: Wo?

Bormann: Im Hôtel Central, Zimmer Nr. 65.

Brennecke: Ha! Wann?

Bormann: Gestern Abend um 11 Uhr 15 Minuten.

Brennecke: Aber da waren ja — —

Elise: Da warst Du im Salon einer anscheinend sehr — sehr lebenslustigen Dame und hast Dich aufgeführt, wie ein — wie ein Hanswurst!

Brennecke: Erlaube!

Elise: Wie ein Hanswurst! Daß Du Dich nur vor dem Jungen nicht geniert hast — (zu Brennecke, der eben wieder humpelnd über die Bühne geht) Vor allem laß jetzt die Mätzchen — sei so gut! Die ziehen nicht mehr!

Brennecke: Was denn?

Elise: Nun — Dein sogenanntes Podagra kennen wir jetzt auch! Du hast ja getanzt gestern mit diesem Podagra! —

Brennecke: (zu Bormann leise) Sie hat es gesehen?

Bormann: (leise) Alles! (Brennecke wankt, Bormann schiebt ihm den Stuhl unter) Bitte!

Brennecke: Aber — aber — der Poste—restante —Brief!

Elise: Der war nur Mittel zum Zweck! Um etwas Leben in Dich zu bringen. Hätte ich freilich gewußt, daß Du nur zu Hause — bei mir — —

Brennecke: (zu Bormann) Sie haben also meiner Frau getratscht, daß ich im Hôtel Central — — —? Ah — das ist eine Gemeinheit!

Elise: Nein, ich war ganz zufällig dort im Hôtel —

Bormann: Ja — wie haben Sie denn eigentlich erfahren — ?

Elise: Durch den Herrn, der gestern früh da war!

Brennecke: Schulze?

Bormann: Natürlich, Schulze! Oh — Schulze!

Brennecke: Den Schulze werde ich mir kaufen!

Elise: Nun, mein Lieber — immer noch eifersüchtig?

Brennecke: (gemütlich) Du — Du Schlange!

Elise: Ihr seid übrigens die ganze Nacht nicht nach Hause gekommen. Wo seid Ihr denn herumgestrolcht?

Brennecke: Nachtcafé!

Elise: So — so! Nachtcafé! Nun, von nun an werde ich euch Kaffee kochen!

---

11. Szene.

Die Vorigen, Hannemann.

Hannemann: (mit den Dienstleuten eintretend) So, Jungens, Fortsetzung folgt! Nun wollen wir einmal die Bude da drinnen ausleeren. Vorwärts! Immer flott angefaßt (will nach rechts.)

Bormann: (hält ihn zurück) Was wollen Sie denn?

Hannemann: Einem armen Schneider zu seinem Geld verhelfen.

Bormann: Aha! (zu den Uebrigen) Bitte, wollen Sie mich einen Augenblick mit dem Herrn allein lassen.

Brennecke: Ich gehe nicht eher vom Platze, bis der Schulze — —

Bormann: Er wird schon kommen! Nur Geduld! (schiebt ihn und die anderen ins Nebenzimmer rechts zu Hannemann) Sie sind der Gerichtsvollzieher?

Hannemann: Wenn Sie nichts dagegen haben!

Bormann: Herr Dr. Schulze schuldet — wie viel!

Hannemann: 389 Mk. 70 Reichspfennige — mit den Kosten!

Bormann: Schön! Warten Sie einen Moment!

Hannemann: (macht die Geberde des Geld—zählens) Wollen Sie den Mammon berappen?

Bormann: Ich werde die Summe bezahlen, aber nur, wenn die Möbel sofort wieder hergeschafft werden. — —

Hannemann: In einer Viertelstunde sind sie gegenwärtig. Sie sind noch gar nicht abgeladen!

Bormann: Also — einen Moment! — (will nach rechts) Oder kommen Sie lieber gleich mit!

12. Szene.

Die Vorigen, Humplmayer, Therese.

Humplmayer: (schwingt drohend einen Spazierstock) Ist der Schulze noch nicht da?

Bormann: Nein (mit Hannemann rechts ab).

Humplmayer: Er soll mir nicht auskommen!

Therese: (von rechts) Aber Anton! Was schreist Du denn so?

Humplmayer: Ich schrei doch nicht! Ich bin ja seelenvergnügt. Jawohl! (singt) tra—la—la!

13. Szene.

Die Vorigen, Veronika und Paula.

Veronika: Humplmayer, hier bringe ich Dir Deine Tochter! — Sie verlangt (affektiert) zu ihrem Papa und zu ihrer Mama. Das süße Kind! Gut — soll sie haben! — Mich aber hast Du gesehen — ich reise ab!

Humplmayer: (umarmt Therese) Resi! Resi! sie reist ab!

Veronika: Jawohl — ich hab es satt — die Tugendrichterin zu spielen. Bei so einer Familie! Ich mag nicht mehr!

Humplmayer: Resi — sie mag nicht mehr — hörst Du?

Veronika: Ach, wie rührend! Na — man schlägt sich, man verträgt sich! Mir kanns recht sein! Konnt' ich mir übrigens denken, daß sie den Schmachtlappen wieder herum kriegt. — —

Humplmayer: (zu Veronika) Jetzt will ich Dir was sagen! Das ist meine Frau — verstanden — und ich dulde nicht —

Veronika: Oh, ich lasse sie Dir schon! Deine Frau! Ich beiße Dir nichts herunter davon! Du sollst sie haben — ganz allein! — Aber für mich ist kein Platz mehr unter Deinem Dache — ich ziehe aus!

Humplmayer: (ironisch) Nein, das wirst Du uns doch nicht anthun!

Veronika: Und mein Vermögen — das vermache ich —

Humplmayer: Damit machst Du eine Stiftung — Kaltwasserheilanstalt — verstehst Du? Und laß Dich gleich aufnehmen!

Veronika: (wütend) Ah!

14. Szene.

Die Vorigen, Bormann.

Bormann: (mit Hannemann) So, da haben Sie das Geld und nun meine Möbel! Aber fix!

Hannemann: Wird so plötzlich wie möglich besorgt werden.

15. Szene.

Die Vorigen, Schulze, Brennecke.

Schulze: (vergnügt, trällert eine Operettenarie vor sich hin) Tra—la—la—la! Guten Morgen, allerseits!

(Alle umringen Schulze, schreien gleichzeitig wütend durcheinander, so daß man kein Wort versteht.

Humplmayer: (schwingt den Stock) Ha, sind Sie endlich da? Sie Gauner!

Hannemann: (schwingt die Banknoten) Der Kitt ist bezahlt! ....

Brennecke: (von rechts) Sie Denunziant, Sie gewöhnlicher!

Bormann: Mensch, wirst Du mir erklären?

(Gleichzeitig!)

Elise: (von rechts) Da ist ja der Herr von gestern!

Schulze: (läßt sie alle ruhig ausschreien, sieht sie der Reihe nach ruhig an. Kleine Pause) Wie meinen Sie?

Humplmayer: Sie haben mir vorgeschwindelt — Sie wären Wunder — was — mittlerweile — — --

Hannemann: Der Herr hat den ganzen Kitt bezahlt!

Brennecke: Herr, wie kommen Sie dazu, meiner Frau zu erzählen —

Vormann: Die ganze Bude hat man mir ausgeräumt.

Elise: Mein Herr, ich möchte meinen Sonnenschirm wieder haben.

Schulze: Wenn ich die Herrschaften bitten darf, immer nur fünf auf einmal — oder noch besser — einer nach dem anderen — es kommt jeder daran! (Zu Brennecke, der mit den anderen im Kreise herumsteht) Also fangen wir an! Was wünschen Sie, mein Herr?

Brennecke: Vor allem habe ich Ihnen gestern unrecht gethan -- da mit meiner Frau!

Schulze: Sehen Sie, geschieht Ihnen ganz recht!

Brennecke: Aber — Sie haben mich bei meiner Frau denunziert, daß ich in schlimmer Gesellschaft bin — Haben sie sogar hingeschickt — —

Schulze: Davon weiß ich kein Wort!

Brennecke: (zieht Elise vor) Hier ist meine Frau!

Schulze: Gnädige Frau — was habe ich gethan?

Elise: Gar nichts! gar nichts! Der Herr hat mir von Dir nichts erzählt.

Brennecke: (zu Elise leise) Aber Du sagtest doch — —? (treten zurück).

Schulze: Und Sie (zu Hannemann) „oller Leerjunge" (zum Publikum) der kann nämlich keine möblierten Zimmer sehen — was wollen Sie?

Hannemann: Herr Doktor, der ganze Kitt ist berappt!

Schulze: Wie?

Hannemann: (auf Vormann deutend) Der Herr hier!

Schulze: Freut mich! Freut mich für Sie. Von mir hätten Sie doch nichts gekriegt.

Hannemann: (ab).

Schulze: (zu Vormann) Besten Dank, lieber Freund!

Vormann: Erkläre mir lieber! — —

Wieder gleichzeitig!

Schulze: Erklären? Ein andermal, wenn wir einen freien Nachmittag haben. Die Geschichte ist nämlich etwas lang! Bezahlt ist — das ist die Hauptsache! (zu Humplmayer) Und Sie, geehrter Isarathener!

Humplmayer: Sie haben mich in einer Weise angelogen — —

Schulze: Das gebe ich zu — jedoch, waren Sie schon einmal verliebt, Herr Humplmayer?

Humplmayer: Schon ein Dutzendmal, aber —

Therese: (zupft ihn) Anton!

Schulze: Schön, dann wissen Sie auch, daß man aus Liebe alles thut — selbst schwindeln. Ich habe aus Liebe geschwindelt; ist das nicht ein edles Motiv? Ja oder nein?

Humplmayer: Mit dem Kerl wird man nicht fertig!

Paula: (zieht Schulze seitwärts leise) Willy!

Schulze: Ja, mein Kind, mit uns zwei ist 's jetzt natürlich aus! Schade!

Paula: Das ist also wirklich nicht wahr!

Schulze: Was denn?

Paula: Was ich gestern glaubte!

Schulze: Du hast 's doch eben gehört!

Paula: (umarmt ihn) Verzeihe mir!

Humplmayer: Paula, Du bist wohl verrückt!

Paula: Nein, denn ich werde meinen Willy heiraten (zu Willy) nicht wahr? Trotz alledem, ich lasse nicht von Dir!

Humplmayer: Oho!

---

16. Szene.

Die Vorigen, Roeske.

Roeske: Herr Doktor Schulze, ein Brief für Sie. (Uebergiebt den Brief).

Schulze: Was — schon wieder eine Rechnung! (öffnet den Brief) Hurra, das Wunderbare — siehst Du, Emil? Meine Ernennung zum Institutsarzt. Schatz, weißt Du was — jetzt wird geheiratet!

Humplmayer: Was sind Sie geworden?

Schulze: Instituisarzt in München! 5000 Mark Gage — Privatpraxis.

Humplmeyer: Dann sind Sie also verhältnismäßig ein ganz anständiger Mensch.

Schulze: Schmeichle mir! Und als solcher bitte ich Sie um die Hand Ihrer Tochter Paula!

Humplmayer: Bedaure, Sie renommieren mir zu viel! Sie lügen ja in einer Stunde mehr zusammen, wie ein Oberförster in zehn Jahren!

Veronika (zu Schulze und Paula): Kinder, heiratet Euch nur — ich vermache Euch mein Vermögen — ziehe zu Euch!

Humplmayer: Wirklich?

Veronika: Jawohl.

Humplmayer: Dann ist der Schulze gestraft genug! Kinder, dann habt Ihr meinen Segen! (zu Schulze) Werden Sie glücklich mit meinem Kinde und mit — mit der Tante!

Schulze: Ich fürchte sie nicht. Ich werde sie so lange ärztlich behandeln, bis sie wieder geht.

---

17. Szene.

Die Vorigen, Mizi, Rosa, Roesike.

Mizi: (mit Rosa, welche die Kleider und Stiefel Humplmayers trägt) Guten Morgen! Hier siehts aber gut aus! (zu Bormann) Sie haben wohl Reinemachen hier? (zu Brennecke) Um Gotteswillen — Retten Sie mich vor Ihrem Neffen!

Brennecke: Wieso?

Mizi: Er will mich heiraten! Oder mit mir durchbrennen!

Brennecke: Heiraten? Unsinn! — Durchbrennen? Darüber läßt sich reden!

Mizi: (nimmt Rosa die Kleider ab, übergiebt sie Humplmayer) Und Sie, lieber Humplmayer — Sie haben gestern etwas bei mir liegen lassen!

Humplmayer: (hält die Stiefel und Kleider empor) Das auch noch!

Therese: (klopft ihm auf die Schulter) Humplmayer! Es ist Zeit, daß wir wieder nach München kommen.

Humplmayer: (resigniert) Höchste Zeit!

Roesike: (hereinstürzend) Herr Doktor, die Möbel kommen! (Sechs Dienstleute tragen während des Folgenden die Möbel herein.)

---

18. Szene.

Die Vorigen, Currita.

Currita: (durch die Tapetenthüre rechts; hinter ihr zwei Männer, die eine Stange mit zwei großen cachierten Kugeln daran tragen) Pardon! Ach, Humplmayer, da sind Sie ja! Sie haben wohl die Herrschaften zur Probe eingeladen?

Die Uebrigen: (durcheinander) Zur Probe?

Currita: Gut! Dann wollen wir anfangen! (Sie wirft ihren Mantel ab und steht nun im Kostüm einer Athletin mit nackten Armen ꝛc. da) Also — hoppla! (Sie patscht in die Hände, stellt sich in Positur und stemmt die Kugelstange einige Male in die Höhe. Humplmayer nimmt entsetzt seinen Rock und hält ihn seiner Tochter vors Gesicht, damit sie nichts sieht. Die übrigen rufen lachend „Bravo!")

Therese: (vorwurfsvoll) Humplmayer!

Vorhang.